エルメロイⅡ世の事件簿

9

「case.冠位決議《グランド・ロール》(中)」

三田 誠

イラスト 坂本みねぢ

原作 TYPE-MOON

ロード・エルメロイII世…時計塔 現代魔術科 君主《ロード》
グレイ…エルメロイII世の内弟子
フラット・エスカルドス…時計塔 現代魔術科の生徒
ドクター・ハートレス…「フェイカー」のマスター

Characters
Lord El-Melloi Ⅱ Case
ヘファイスティオン…サーヴァント・フェイカー
ライネス・エルメロイ・アーチゾルテ…エルメロイ家次期当主
スヴィン・グラシュエート…時計塔 現代魔術科の生徒
蒼崎橙子…時計塔 最高位「冠位《グランド》」の魔術師

あたかも、それは砲門だった。
蜉蝣の一匹ずつが部品となって寄り集まり、いくつかの巨大な砲門となって、
フェイカーとハートレスに牙を剥いたのである。
——第一章より

ロード・エルメロイⅡ世の事件簿 9
「case. 冠位決議《グランド・ロール》(中)」

三田 誠

角川文庫
22414

目次

口絵・本文イラスト／坂本みねぢ
本文デザイン／ＷＩＮＦＡＮＷＯＲＫＳ

✦序章✦

[redacted]

昼の光が、徐々に褪《あ》せていくようだった。

冬が近づくにつれ、ロンドン近郊の天気はなおさら不安定になり、一日に何度も曇りと雨を繰り返している。ぽつりぽつりと降ってはやみ、やんではまた、ぽつりぽつりと滴って。なんでも、雨粒の質からして昔とはずいぶん違うらしく、在りし日のイギリスでは傘を持ち歩く者などほぼいなかったそうだが、今は通りの半分ほどが傘を差していた。

いずれにせよ。

少年にとっての雨は、この数年ばかりの思い出でしかない。

似た現象はあの採掘都市にもあったが、地下で落下するだけの水は、「雨」と呼ぶのにふさわしくないように感じるからだ。掻き曇った空から、しとしとと屋根や壁を打つ水の音。鼻孔をくすぐる土の臭い。

昔、壊れかかったテレビで観た、モノクロのミュージカル映画が思い出された。

一度、無意識に鼻歌を歌ってしまった際、その曲は『雨に唄えば《Singin' In The Rain》』であると先生に指摘され、やっと曲名を知ったものだった。

名前を知れたことが、あのときは嬉しかった。

自分がずっと触れられないと思っていたものに——触れられるなんて想像もできなかっ

たものに、初めて近づけた気がしたから。

「…………」

そんなことを考えながら、少年は早足でスラーの通りを駆けていた。人通りの少ない学舎のすぐそばで、物憂げな影が伸びていたのである。

特徴的な、赤くて長い髪。伏せられた睫毛《まつげ》からは、どこを見つめているのか判断できない。授業時間からすれば五分と待たせなかったはずだが、そんな風にしていると、もう何時間も男は佇んでいたように思えた。雨が似合うというよりも、まるで雨と語らっているがごとき風情が、その横顔にはあった。

とても似つかわしいのに、ひっそりと雨音に溶け込んでしまいそうな長身を、寂しく思ってしまったのはどうしてだろう。

ドクター・ハートレス。

現代魔術科《ノーリッジ》の今代の学部長。

「先生」

と呼んでも、すぐには気づいてもらえなかった。

二度は呼ばず、傘を差しかけると、ハートレスは二度ほど瞬きして、頭を下げた。

「ああ、すみません。つい、新しい術式を思いついて、計算に没頭してしまって」

だったら、計算していたのは脳だけではなくて、魔術回路もだろう。一定以上の魔術師となれば、思考に使うのは脳だけではない。リアルタイムに必要なだけの魔術回路を駆動させ、問題の解決へと挑む――らしい。

　講義を受けた少年にしてからが、才能不足すぎてついていけない領域ではあるのだが。

「発見はありましたか？」

「はい。初めて、あなたを見つけたときと同じように」

　穏やかに笑い、ハートレスが見つめ返す。

　かつて生還者《サヴァイバー》だった少年は、もうすぐ二十歳に届く頃合いとなっていた。精悍《せいかん》さを増しつつある横顔は、そろそろ少年期の終わりを感じさせるものだったが、それでも瞳に宿った純粋さはかつての面影を色濃く残している。栄養状態や外部環境によるものか、体格や肌艶は目に見えて良くなっており、少年本来の健やかさを際立たせているように思えた。

　懐中時計を確認してから、ハートレスが尋ねる。

「ところで、どうかしましたか。いつもより少し遅れたようですが」

「いえ。さきほど、アシェアラから、残った私物は捨ててくれてかまわない、という手紙があって」

「そうですか」

「それで、こちらで始末していたんですけれど……みんなバラバラになったなって、少しぼんやりしてしまって」

「あなたたちは、何年も一緒でしたからね」

　うなずいた少年に、ハートレスは微苦笑した。

今の名前は、一度はハートレスの弟子になった、生還者《サヴァイバー》たちのひとりだ。少年とともに霊墓アルビオンを探索していたチームは、もはやバラバラになっていた。あれだけの濃さで誰かと生死をともにすることは、おそらく少年の人生で二度とないだろう。

だから、なのか。

それぞれに高名な魔術師の養子となったり、秘骸解剖局《ひがいかいぼうきょく》に入局したりと、かつてからは考えがたいほどの成果をあげて、バラバラになった今、ぽっかりと胸に穴があいたように感じていた。

「……魔術師とは、裏切るものです」

と、ハートレスは口にした。

赤くて長い髪が、湿った風に揺れた。

「本質的にエゴの塊ですからね。師匠と弟子の絆はあれど、けして絶対ではない。師匠が弟子を大切にするのは自らの思想と魔術を繋いでいくためですし、弟子が師匠を大切にするのはまだ吸収できるものがあるからです。互いに価値がなくなれば、いつ打ち捨てられても仕方ない……そう考えるのが魔術師という生物ですよ」

諭《さと》すような言葉が、濡れた地面に流れていく。

「でも、彼らはきちんと申し出て、そもそも正式に私の弟子となる前から、そうした進路について相談してくれました。稀に見るほど、誠意のある対応と思います」

「それは、そうですけど」

少年は、拗《す》ねたみたいに唇を尖らせる。

実際、以前からそう聞いてはいたのだ。地上に行ったらこうする、こうなると、彼らは夢を語っていた。そして、それぞれに夢を叶えたのだから、ハートレスの言うように、不満に思うことなどない。

ない、はずなのだけど。

いまいち納得しきってない少年の表情に、ハートレスは言葉を続けた。

「まず、君たちは生き残った。あの大迷宮から生還した。そのこと自体が美しい」

ハートレスが言う。

「だからこそ、迷宮のときのように、もっと協力しあえるのではと考えるかもしれませんが、やはりここは迷宮とは違うのです。ところが変われば、戦い方も変わります。それでも、あなた方は今同じ空の下にいるのですから、会おうと思えばまた会えるでしょう」

師の言葉に、空を仰ぐ。

あの迷宮にはなかったもの。

たとえ雨空や曇り空であっても、どこまでも広がる景色は圧倒的だった。それが地上のどこでも見られる景色なのだと知ったとき、当たり前の事実に、どれだけ胸を打ち震わせただろう。それほどの感激でも、いつしか慣れきってしまって、こうして見上げることは減ってしまっていた。

「そうでなくても、時計塔なんて小さな狭い世界です。いやでも、また会いますよ」

「……そう、でしょうか」

不安が、声に滲んでしまった。

この地上《せかい》は広すぎる。もちろん、魔術に関係あるものなど、この地上ではごくわずかな割合なのだと、頭では理解している。この世界は科学《げんじつ》によって運営されており、魔術を信奉するはぐれものなど肩を寄り添わせて生きるしかない。

それでも、慣れきってしまった今でさえ、この空は広いのだ。あれほど望んだ空の下で、ひとりっきりな気持ちになってしまうのは、わがままなのだろうか。

「――おや」

不意に、ハートレスが通りの向こうへ頭を巡らせた。

しとしとと降る雨の中、彼女は傘もささず歩いていた。

上質の生地が濡れることもかまわぬ堂々とした姿勢は、それがもともとのロンドンの作法だったと主張するようにも、あるいは、これが新しいロンドンの作法だと強弁するようにも思える。

白い髪の老女であった。

朗らかに笑って、彼女は皺深い手をあげた。

「やあ、ドクター・ハートレス」

「これは。ロード・バリュエレータ」

と、ハートレスが身を屈め、慌てて少年も追随する。

皺に埋もれた老女の顔からは、実際の年齢が推し量れない。魔術師にとって見た目の年齢はあてにならぬものだと、この時計塔でも思い知らされていた。ましてや君主《ロード》となれば、なおさらだろう。

時々、こうして君主《ロード》が訪ねてくることがあった。

少年にしてみれば、雲の上の存在。時計塔を統べる、十二人の王たち。

「まさか、突然いらっしゃるとは」

「いやいや、かまわないでくれ。ちょっと近くに立ち寄ったものでね。久しぶりに君とも話してみたくなった」

ロード・バリュエレータの表情と瞳には、こちらと向こうとの格付けをはかる天秤が、微妙なバランスで揺れている。

名目上同格でありながら、しかし実質はそうではない相手を値踏みする視線。

「…………」

ドクター・ハートレスは、学部長たちの中にあって、仲間はずれのようなものだった。メイン学科の学部長の中では唯一君主《ロード》ではなく、しかし名目上はほかの君主《ロード》たちと対等の立ち回りを要求される——そのために、どれだけ損な要求をされるのか、少年はずっと見ていた。

初めて地底から出たときには、ハートレスは王のひとりと思った。そのこと自体は間違えてない。

しかし、今にしてみれば、その王たちの間でさえ格差があるという話。

つい、とロード・バリュエレータの視線が動いた。

「ん、そちらはキミの内弟子だったか」

「……ええ。以前ご紹介したかと思いますが……」

ハートレスが背中に触れて、唾を飲み込んだ少年は、なるだけ胸を張った。

「クロウ、と言います」

「ほう、変わった響きの名前だな」

それきりで興味を失ったか、少年の気負いをよそに、ロード・バリュエレータの眼差しは同胞たる学部長へと戻る。

「寄ったついでに、ひとつ確認したかったのだが」

と、切り出したのである。

「ロード・エルメロイの話を聞いたかな」

「確か、極東で、闘争方式の魔術儀式に参加されるとか」

(……ロード・エルメロイ)

その名を、少年は思い出す。

並み居る君主《ロード》の中でも、上位の家だったはずだ。権威と実力をあわせもった、鉱石科《キシュア》の君主《ロード》。すでに二十代のはずだが、いまだ神童と呼ばれるのは、弱冠十歳足らずから異常なまでの実績をあげつづけたからだ。本来受け継ぐべき鉱石科にとどまらず、降霊でも才能を発揮して、降霊科《ユリフィス》の一級講師の座を射止めたとの噂は、少年の耳にも届いている。

なるほど、時計塔において、天才とはこのような傑物に対してこそ、与えられる言葉なのだろう。

そのエルメロイが極東の魔術儀式に参加する、というのは、時計塔では一部の噂好きの間で囁かれている程度の話題だった。いい加減、研究の名声に飽きたエルメロイが、今度は武闘派という箔でもつけたくなったのだろう、といくらかうんざりした感想もセットになっていることが多かった。それぐらいには、ロード・エルメロイという魔術師の性能は証明されていた。

だから、ハートレスも小さくうなずいたきりだった。

「何しろ、常勝無敗の神童ロード・エルメロイです。万が一にも、極東の魔術儀式ごときに敗北することなどありえないでしょう」

「そうなってくれればありがたいがね。こう、伏兵にぽろりとやられてくれないかな」

明るい声で、物騒なことを老女は口にする。

「ロード・エルメロイ――ケイネス・エルメロイ・アーチボルトは降霊科《ユリフィス》のご息女とも婚約を結んでる。このままでは、貴族主義はますます一枚岩として結束をかため、オレたち民主主義としては頭が痛い。ああ、どうかな？　このあたりで現代魔術科が正式に民主主義に椅子を置くのは？　今なら結構な恩が売れるぞ」

「聞かなかったことにしますよ」

と、ハートレスは穏やかにかぶりを振った。

ほんの一瞬だけ、空気が強張り、

「これは残念」

にこやかに、ロード・バリュエレータが唇をほころばせた。

「だけど、いつでも気が変わったら一言声をかけてくれたまえよ。現代魔術には以前から興味があるんだ。これで中立主義に駆け込まれたら、気鬱で引きこもってしまう」

「ご冗談を。相手にもしてもらえませんよ」

と、ハートレスは受け流した。

貴族主義。

民主主義。

中立主義。

時計塔を貫く三つの運用方針だが、ロード・バリュエレータの言ったように、現代魔術科は現状いずれにも属していない。これもハートレスが綱渡りを要求される理由である。かといって、現代魔術科がそれなりの存在感を持って運営されているのは、三勢力から独立しているからで、どこかに属そうとすれば、買い叩かれるのがオチだ。唯一君主《ロード》ならざる学部長はなおさら慎重に動かざるを得ない。

いや、それ以上に。

少年は、密やかに、震えを押さえ込む。

（……ひょっとすると）

ひょっとすると、民主主義でも名高いこの老女は、現代魔術科《じぶんたち》の秘密を見抜いているのではないか、と。

「おや、どうかしたかな内弟子クン」

「……いいえ」

「私の内弟子を脅かさないでください」

かぶりを振った少年の肩に、ハートレスがそっと手を置く。震えが止まったのを覚えた。

そんな少年を見やって、ロード・バリュエレータは軽く笑った。

「ははは、これは失礼した。よかったら、お詫びにこれでも受け取ってもらえるかな」

差し出されたのは、映画館のチケットだった。

「ロード・バリュエレータ――あなたの経営される映画館です？」

「ああ、最新型のシネマコンプレックスを買収したんだ。一スクリーンは身内専用でね。そのチケットを持っていけば、だいたい好きな映画《シャシン》をかけられるぜ。ははは、昔から自分用の劇場を持ってみたかったんだ」

「あまり表で目立つ経済行動を取ると、ロード・トランベリオは難しい顔になりませんか？」

「マグダネル坊やならいいものは分かってくれるさ。じゃあ、また」

ひらりと手を振って、ロード・バリュエレータは踵《きびす》を返した。

　姿とともに気配も消失して、少し間をおいてから、ハートレスが柔らかく笑った。

「ロード・バリュエレータは新しもの好きですからね。私のような数字合わせにも目をかけてくださるのはありがたいが、すぐに巻き込もうとする。陰湿な悪意があって……というわけでもないあたり、天然の時計塔体質ですね」

「それって、陽気に陰謀を企んでるんですか？　あまり想像できませんけど」

「少し違う。陰謀というと、深謀遠慮とか、ひたすら他人を陥れる罠とかを想像しがちですが、別に彼女は、本気でロード・エルメロイに死んでほしいと思っているわけじゃないでしょう。ロード・バリュエレータは単なる勘も含めて、いつも自分が面白く、可能なら有利になりえる状況を模索しているだけです。ああ、創造科《バリュエ》の彼女からすれば、そういう状態の模索こそが美しいということなんでしょう」

　それはつまり、権力に親しんでいるということだろう。

　権力を貪るのではなく、権力に魅入られるのでもなく、ごく自然にあの老女は飼い慣らしている。さきほどのように前振りもなく立ち寄って、昨今の話題を持ちかけつつ、互いの立場や状況を確認していくのも、彼女にすれば呼吸するようなものなのだろう。いちいち意識するほどのこともない、当たり前の仕草。

　だけど、

「先生は、悔しくならないんですか」

「悔しい、ですか」

「だって、今のは」

半ば以上、脅しみたいなものではないか、とまでは言えなかった。

悪意があるかというと、そうじゃないのかもしれない。しかし、あの物言いは、生殺与奪はこちらが握っているのだぞという確認に他ならない。それこそが、今話したようなロード・バリュエレータの自然なあり様なのだとして、我慢できるかどうかは別だ。

だけど、いつものように、こちらが言葉にできなかったことまでハートレスは引き受けて、淡く苦笑いした。

「この場合、異分子なのは、後ろ盾を持たない私の方ですからね」

と、答える。

「だいたい、魔術師自体が過去の遺物なんです。現代の価値観で差別だなんだと言っても始まりません。ハジマリからして、私たちは平等ではないのですから」

ハートレスの言葉は、確かに時計塔の論理からすれば当たり前だ。

魔術刻印は直系のものにしか相続できず、魔術回路の数や質も生まれた瞬間に決定されている。価値観の第一を魔術に据える以上、彼らの在り方は旧態依然としたカタチでしかありえない。

「でも、現代魔術科《ノーリッジ》は」

「ええ。総体としてみれば、そもそも魔術師全体が衰えているんです。だからこそ、新世《ニューエ》代《イジ》なんて、以前ならば出来損ないと唾棄しただろう輩も、組織に加えるしかなくなった。

そんな憤懣《ふんまん》と矛盾の妥協点が、現代魔術科であり、このスラーの街ですよ」

ハートレスの視線が、通りを流れた。

一望して、ここが学術都市であると考える者は少ないだろう。

なにしろ、あまりにも小さい。わずかに通りひとつかふたつほどの空間に、無理やり学舎っぽい建物を詰め込んだだけの場所。金回りだけなら考古学科《メルアステア》も似たようなものらしいのだが、なにしろ伝統が違う。

向こうは、時計塔でも指折りの格式と歴史に裏打ちされた科で、中立主義の代表格ともされるほど。対して、現代魔術科《こちら》はロンドン近郊にちょっとずつ建てられてきた工房や関係建築物を、強引にひとつの地域へ押し込めたところだ。つぎはぎというか、でたらめというか、とにかく無理やりな印象ばかりが強い。

それでも、時計塔の新世代《ニューエイジ》たちにとって、己の夢を預けるに足る街。

「さっき、魔術師は裏切るものだって言ってましたよね」

ロード・バリュエレータが来る前の、ハートレスの言葉を、少年は思い出す。

「だったら、先生はどうなんですか」

「もちろん、私も平凡な魔術師ですよ。自らの魔術をもって、至れる究極に辿り着きたいと願っている、そのためであれば汚い手段《ダーティワーク》も厭わない、凡庸な徒《ともがら》にすぎません」

本当だろうか、と思う。

初めて出会ってから早数年になるが、この人がそんなエゴを剥き出しにしたところなど見たことがない。霊墓アルビオンを抜けて、時計塔の生徒として籍を置き、講義を受けるようになってもなお、だ。

「でも、先生には、妖精の――」

言いかけた少年に向けて、そっとハートレスは自らの唇へ指を当てた。

「それは、魔術師としての性能とは直接関係ありません。たまたま、私の内側に紛れ込んだ付属物のようなものです。もちろん、かつて同じく妖精から得た性能をもって、特別な階位を得た魔術師もいますが、私はその道を歩まなかった」

そういう話も、以前聞いたことがあった。

たとえば、妖精に触れたことによって、万物と語り得る統一言語を学習した魔術師。

しかし、少年の師は、その異能をもって学部長になったのではなかった。

「…………」

なんとなく、少年は自らの師を見返した。

彼は変わっていない。自分と初めて出会ったときと。少年自身も、少年とともにあったチームもこんなにも変わってしまったのに。

「……先生は、それでいいです」

だから、囁いたのだ。

数歩、先を行く。

欠けた石畳を踏んで、振り返る。

「僕は、スラーの街が好きです」

いつのまにか、雨はやんでいた。

変わりやすいロンドンの天気らしく、さきほどまでの曇り空はその半ばが気持ちよく晴れており、真下に虹の橋をかけていた。

美しく混ざりあった色の下で、はにかんで、少年は口にしたのだった。

「きっと、それは、先生がこの街にいるからです」

＊

——それは、十年前。

極東で、第四次聖杯戦争という、ごく小さな魔術儀式が行われるより前のこと。

現代魔術科に、エルメロイⅡ世と呼ばれる風変わりな君主《ロード》が現れるより、さらに何年か前のこと。

＊

「だから、先生はそのままでいてください」

とある少年にとっての星が、スラーで輝いていたときのこと。

1

「真正の英霊……征服王イスカンダルを……ハートレスとフェイカーは召喚しようとしている……」

その言葉は、まるで悪魔の弾丸だった。

第四次聖杯戦争から、十年という時間の向こう側から、自分たちは心臓を撃ち抜かれたのではあるまいか。いや、師匠に与えられた衝撃はそれ以上だったろう。額を撃ち抜かれ、床に脳漿《のうしょう》をぶちまけてすら、ただ茫然と立ち尽くさざるを得ない——それほどに凝縮された絶望と悪意で、弾丸はできあがっていたのだから。

「…………」

ハートレスの工房である。

もとは酒蔵だったと思しい濃密な匂いも、まるで酩酊に誘ってくれない。今ほど、あらゆる思考を曖昧《あいまい》にしてくれる、酒神《バッカス》の恵みに溺れたいと思ったことはないのに。

師匠は、ウェビングが張り巡らされた工房の壁を、ずっと見つめている。

おそらくは、ハートレスが編んだはずのウェビング。多くの糸とメモによって、刑事ドラマのようなカタチがつくりあげられていた。メモには封印指定も含んだ術式がいくつも刻まれており、師匠はウェビングの行き着く先をずっと推理していたはずなのに……。

(……なのに、どうして)

と、思う。

英霊イスカンダルを召喚する。

行き着いた推理の先は、師匠にとってあまりにも致命的だった。蛇《サタン》の誘惑ですらこれほど甘くはあるまい。神の言いつけに逆らい、知恵の実を食べたという原罪にも等しく、その悲願は強く、とても強く、師匠を縛り付けている。

「…………」

声が、出ない。

――『会わせて、あげたい』

ほんの数ヶ月前、痛切に思った。

いや、今だってそうだ。なのに、同じ内容がここまで恐ろしく聞こえるのは、やはりハートレスという名前が関与しているせいである。夢にまで見た事柄が、けして良き未来をもたらさないと、直感してしまったから。

確信してしまっていたから。

だけど、それを否定してほしくて、やっとのことで、自分は喉を震わせた。

「……いっ、たい」

尋ねて、しまう。

「……一体、それって、どういうことですか、師匠」

激しい音とともに、机が揺れた。

師匠が、拳を力任せに振り落とした音だった。

「訊きたいのは私の方だ。術式を解体すれば、そうとしか思えないというだけだ……！」

歯ぎしりし、抑えた声を漏らす。

抑えてはいても、隠しきれない何かが、その裏に揺曳《ようえい》していた。

どれほどの葛藤を、どれほどの苦悩を、押し込めているのだろうか。かつて、この人が参加した第四次聖杯戦争は十年前だったという。ならば、この人が傾けた十年間は、たった今眼の前で砕け散ろうとしているのであった。

「おそらく——いや、ほぼ間違いなく、術式としては君の故郷で学んだものを基礎としている。つまり、アーサー王を精神と肉体と魂に分けて、再現しようとしたものだ」

さきほど、していた話だった。

自分の故郷を、ずっとハートレスは観察していた。思えば、自分とハートレス、そして自分と師匠との因縁はそこから始まったのだ。ならば、ハートレスの計画もあの故郷から発しているのだろうか。いや、それとももっと以前から……？

「だが……この術式はそれ以上だ」

ウェビングの隣に手を置いて、師匠はすがりつくように術式を精査する。

「フェイカーを核として、英霊としてのイスカンダル以上の何かを……探り当てようとしている……？　それはたとえば……英霊を触媒にして……英霊を連鎖召喚しようとするのに似て……」

唸りが、声に続いた。

ウェビングに、くぐもった声が弾ける。

「オイオイオイ、どうした痩せぎす魔術師！」

アッドの罵詈《ばり》まじりの言葉さえ、今の師匠には届かないようだった。

「……くそっ！」

曲がった指先の爪が、そのまま壁を引っ掻く。

「どうして……ボクに、分からないんだ……」

まるで、それは王者に挑み、ついに敗れたボクサーのごとく。

他人の術式を無意識に解体し続けてきた師匠が、その報いを受けているかのごとく。

自分は、どうしていいのか分からない。

内弟子となって以来、ずっと師匠を守ってきたつもりだった。アッドと一緒に戦ってきた相手は、しばしば自分より強大で、向かい合うだけで非常な精神力を必要とした。それでも、立ち向かうことはできたのだ。

　こんな相手とどうやって戦えばいいのだろう。

　見えず、聞こえず、触れられず。

　師匠の頭脳にだけ実存する、魔術の理論という内敵。

「だけど、これで、ホワイダニットは通る……」

　今にも泣き出しそうな顔で、師匠が喘いだ。

「どうして、フェイカーがやすやすとハートレスに従ったかだ」

「それは」

「サーヴァントは当然マスターに従うもの、などと思うかもしれないが、実際は違う。たとえ絶対命令である令呪を使ったところで、長期的にサーヴァントを無理やり従わせるなんてことは不可能だ。令呪の効用はあくまで一時的なものだからな」

　師匠の口調には、言葉面以上の何かが滲んでいた。

　あるいは、己の身で体験した事柄だったのかもしれない。

　十年前。

　あの第四次聖杯戦争で。

「だから……彼女は、自分から何らかの望みを持って、ハートレスに従ったこととなる」

「その望みが……イスカンダルの召喚……」

　確かに、それならホワイダニットは明白だ。

　真の主人であるイスカンダルを現界させられるなら、フェイカーはいくらでも協力するだろう。あれほど、誰かに傾倒している女性《ひと》を、自分は他に知らない。たとえ世界を征服しろと言われても、喜んで従うだろう。

「……だったら、師匠には何が分からないんですか」

「ウェビングと、貼り付けられた術式には、わざとらしくある種の誘導が書かれている。だから、私でもイスカンダルの召喚を読み取ることができた。同時に、これが私を混乱させるためだけの嘘だと考えるには、あまりにも莫大な時間とコストをかけた、完成された術式だ」

　壁を引っ掻いた師匠の指が、かすかな震えを伴って、ウェビングを指差す。

「完成された術式というのは、理論だけでも軽々につくれるものではない。そもそも魔術の組み合わせというのが、相性の良いものばかりではないどころか、反発・暴走が当たり前の代物ばかりだからだ。完成度が高く、強度の高い術式ほど、もはや弄りようがないというのが基本になる」

　ふと、フラットのことを思い出した。

　毎回魔術基盤そのものを作り出し、即興の魔術をアレンジする異能。代わりに、本人にもまったく同じ魔術は使い難いのだとか、以前師匠は話していた。

　だとすれば、師匠の前にあるウェビングは、膨大な時間とコストをかけて、本来弄りようがないはずの術式をフラットのようにアレンジした代物——ということになる。

「針の穴を通すよう、なんて比喩があるがね。私が解析したところまででも、この術式がやっていることは異常だ。ああ、間違いなく天才と呼ばれてしかるべき人物が、丹念に計算し続けたのが見て取れる。優秀な魔術回路があればできる、などという代物じゃない。ただならぬ執念と執着、何度となく繰り返した発想の転換がなければ、ここには至るまい。……そして、そこまでしても、いやそこまでしたからこそなお、時期にせよ、場所にせよ、相当限定される魔術だ」

「……時期と、場所」

たとえば、星の位置。

たとえば、霊脈《レイライン》。

さまざまな要素に魔術は影響されるし、複数の術式を融合させれば、これらの要素も当然重複してしまう。春の術式と冬の術式を並行して走らせるのは不可能ということだ。

「その中央に、彼がいる」

師匠の指が、震えた。

なんて複雑な感情を乗せた彼《he》だっただろう。

「だったら」

と、師匠が続けた。

「……私が、ハートレスを邪魔して、なんになる」

「師匠」

呼んだのが、聞こえたかどうか。

視線を合わせぬまま、師匠の声はひびわれた石床を這った。

「むしろ、ハートレスがイスカンダルを召喚しようとしているなら、私は協力すべきじゃないのか。時計塔の秩序など、即座に打ち捨てるべきじゃないのか。たとえ再召喚された彼が、かつての聖杯戦争の記憶を持たないとしても、私が彼のマスターでないとしても、そんなことは王の部下として受け入れるべき、ごく些細なことじゃないのか」

ああ、当然そうなる。

時計塔など、師匠にとってはしがらみにすぎない。

エルメロイ教室の生徒たちを愛おしむことはあろうが、それだって己の人生を捧げた王と比するものではあるまい。第五次聖杯戦争への参加を取りやめたのだって、けして王と会うのを諦めたわけではないのだ。王の影武者であり、もうひとりの王でもあったフェイカーの目的を、この目で見極めねばならないと、思い定めたからだ。

そして、師匠は答えに至った。

イスカンダルを召喚するため、という答えに。

（……なら）

自分も、それを応援すべきなのだろうか。

師匠の苦悩を、すぐ近くで見ていたものとして、彼の背中を後押しすべきなのだろうか。ハートレスの隣に立ち、フェイカーを助けてイスカンダルを召喚すべきですと、勧めるべきなのだろうか。

「………」

分からない。

何ひとつ、声にならない。

ほんの一言でいい。師匠の支えになりたいと思うのに、ぐちゃぐちゃに入り乱れた脳は、どんな言葉をつくりあげてもくれない。故郷で、少しぐらい詩でも学んでいれば良かった。フェルナンド司祭なら、きっと喜んで教えてくれただろうに。

「……あの」

かろうじて、やっとひとつだけ、思いついた。

「ハートレスは、イスカンダルを召喚して、何をしようとしてるんですか」

「分からないのは、そこだ」

師匠の顔が、難渋に歪む。

「フェイカーを使った再召喚が術式の主体なのは間違いない。しかし、ハートレスはその周囲に、極めて複雑な術式をさらに複数配置している。その中には封印指定された魔術師のものすら含まれていてね。さきほど、話に出たＥｍｉｙａ——衛宮の魔術もそうだ」

「封印指定、というのは、確か、前に聞いた——」

一代限りと判断された、極めて貴重な魔術師を保護するための時計塔の勅令。保護といえば聞こえはいいが、その実情は魔術師の脳髄から魔術回路までを切り剥がし、永遠に保存するための機構ではなかったか。

そして、この指定こそ、法政科の重大な仕事のひとつであった。

「衛宮の魔術は、ほかと隔絶した時間の流れをつくるものでね」

ぽつり、と師匠が話す。

「もともとは、それによって時間の果て——根源を見ることを目的にしていたらしい。私が時計塔に入学するより以前のことにはなるが、発覚した当時は、ずいぶん話題になったそうだ。ああ、根源に到達しようとするプランはいくつかあるが、かなり現実的なもののひとつだろう。時計塔が躍起になって封印指定するのも無理はない。間違いなく、これもまた天才の仕事だ。

私は君主《ロード》として、こうした術式の概要までは知っている。場合によっては、別の術式と組み合わせた場合の解も導ける。だが、そうした未知の術式を複数組み合わせ、応用まで行おうなどとは……」

そこで、師匠は声を詰まらせた。

「……いや、違う」

と、それまでの考察を否定する。

「単に複雑なだけならば、どうにかなる。時計塔にはこれより複雑な術式を構築するものだっている。だが、この術式からはハートレスが育ってきた魔術が見えてこない。いくら複雑な術式を組み合わせようと、その核には彼の本質たる魔術があるべきなのに、それがない。たとえ魔術師ならざる魔術使いであろうとも、使い慣れた本質は自然と滲み出るはずなのに。彼はどこに至りたいのだ。どんな思想がこうした魔術を肯定するんだ？　それとも、本来現代魔術科の学部長とはこうあるべきだったのか？」

なんとなく、わかる。

師匠の観察眼は、おそらく人に由来している。

ルヴィアゼリッタ・エーデルフェルトの性質から、宝石魔術の在り方とその先を見抜いたように。黄金姫と白銀姫をつくりあげたバイロン卿と対峙して、かの双子の秘密と双貌塔の神秘を見破ったように。

魔術師はホワイダニットに逆らえない、とかつて師匠は言った。

――『生まれる以前からずっと魔術という物語に浸ってきた魔術師は、抗うにせよ受け容れるにせよ、必ずその内面まで侵食されることとなる。その意味で魔術師ほど嘘のつけない人種はいない』

剥離城アドラで口にしていた通りに、魔術師自身や被験者の性質を見抜くことで、師匠はその魔術の本質にいつも迫っていた。

しかし、ハートレスが残した足跡には、そうした匂いが欠けているのだ。だからこそ、私の故郷で発見された術式でも、師匠は大いに苦しみ、その解析に月霊髄液《ヴォールメン・ハイドラグラム》の援助を必要とした。

魔術師としてというより、人としての在り方が欠けているかのような。

まるで、その名のように……。

「……ハートレスも、根源を目指してるのですか？」

なんとなく、尋ねていた。

多くの魔術師が求める、魔術の出発点にして終了点。時計塔という組織も、ここに届くために運営されているのではなかったか。

しかし、師匠はかぶりを振る。

「おそらく、違う。だったら、これほど複雑に組み合わせる必要はない。衛宮の魔術は、完成すればそれだけで根源を目指せるほどだ。だからこその封印指定。そこにイスカンダルやほかの術式を混ぜる意味がない……」

唸りが、徐々に別の感情を漏出していく。

怒りに似た激しさから、諦めに似た静けさへと。

「ならば、私はハートレスの軍門に降って、その解を聞くべきなのか？」

誰かに、問うているようではなかった。ただ己へ向けた言葉なのだろう。

しん、と工房から音が絶えた。

今まで、どれほど奇怪な事件であっても、師匠の立場は明らかだった。

探偵ではないと嘯きつつも、師匠のやっていることは謎の解明に違いない。

しかし、その事件を解くべきでないと、探偵が思い定めてしまえば、事件はどうなってしまうのか。ましてや、犯人に協力すべきなどと考えてしまったなら――

糸を切られた操り人形のように、力を失った師匠の指が、不意にぴくりと動いた。

弱々しく、こめかみにその二本の指を置いて、

「……どうした」

と、囁いたのだ。

どうやら、なんらかの念話らしかった。結界などがなければ、魔術師同士の通信は現代技術に勝るというが、師匠ぐらいの腕でもそれはあてはまるらしい。

通信は、十数秒ほどだったろうか。

ハートレスのウェビングを観察したときと同様、もう一度、師匠が不自然に体を強張らせたのだ。

「師匠、なにが？」

「――スラーが、襲われた――」

茫然とした台詞が、酒臭い工房に流れた。

2

（なん、だ、これは――）

言葉さえ出せず、私は硬直してしまっていた。

スラーである。

ついさきほどまで、私――ライネス・エルメロイ・アーチゾルテは、フラットとスヴィンと一緒に、書庫で調べ物をしていたはずだった。ハートレスやその弟子の手がかりを求めて、現代魔術科に残された書類や記録を片端から漁っていたものだ。

それが、たった一瞬で覆った。

書庫の扉を開いた私の前で、濛々《もうもう》と粉塵が舞い上がっている。元学舎となりはてた瓦礫が、敷地のあちこちに散乱していた。瓦礫の一部が、大きく建物に食い込んでいるのが、極めて非現実的な光景だった。

もちろん、魔術師同士の戦いは数知れない。時計塔は神秘の秘匿を掲げてはいるものの、魔術師の戦闘は禁じてないばかりか、むしろ修練になるという名目で推奨する向きさえあったからだ。

しかし、こんな大っぴらな『攻撃』は、私も初めて見た。

間違いなく、大魔術の部類。一応とはいえ、スラーの周囲に張り巡らされた結界を、薄紙よりもたやすく破壊し、あげく建造物さえ破壊せしめるほどの威力を現出せしめた、強大すぎる神秘。

「…………」

いいや。

嘘だ。

私は、目を逸らしている。

破壊の直前、見た事実。蒼穹から降り落ちた彗星のごとき光が、以前に目視したとある宝具と同じものだと、直感してしまっていた。

つまり、それは――

「――ちょ、ちょ、ちょっとなにこれライネスちゃん！」

最初に我に返り、声をあげたのはやはりフラットだった。

もとより常識の内側にいない彼からすれば、この常識はずれの事態もいつものことだったかもしれない。ただ、その反応に、私は無意識的にいつもの悪態をついてしまっていた。

「……意外だな。君のことだから、わあすごいとか、こんなの初めてだぞうとかワクワクして言い出すかと思ってたぞ」

「だって、エルメロイ教室が大変なことになってるんですよ！　みんなが怪我してるかもしれないのに、そんなの言えるわけないでしょ！」

　至極真面目に返したフラットに、

「……そうだな。悪かった」

　つい、苦笑が溢れてしまった。

　確かに、彼はそういう少年だった。あまりに規格外で、ただの魔術師とさえ違ってしまっていて、だからこそこの場を大切に思ってくれている。

　そんなことを考えるうち、次第に思考回路が巡ってきた。

「フラット、君はみんなに連絡して、避難させてきたまえ。可能なら我が兄にもだ。スヴィン、君はトリムマウと一緒に私の護衛でついてきてもらうぞ」

「ええ！　それはないでしょ！　俺もル・シアンくんとついていきますよ！」

「いや、それは姫様の言う通りだろう」

　私のことをあだ名で呼んで、スヴィンがうなずいた。

「個々の被害状況がつかみきれない以上、まわりに呼びかけるのはお前が適切だ。こと魔術の応用性だと、エルメロイ教室でお前が一番だからな。逆に、襲撃者を見つけたり、場合によっては姫様と一緒に逃げるなら、僕の方が早い。適材適所の判断だ」

「むむ！」

　言葉に詰まったフラットに、私はひょいと肩をすくめる。

「まあ、私は直接見届けないと、報告できないからね。これだけコケにされて、現代魔術科の後継者は事態さえ確認してないなんて言われたら、沽券に関わる。冠位決議《グランド・ロール》前には、それこそ死んでも避けておきたい」

「ああもう分かった！　きちんと話を聞かないやつから死んでいくのがゾンビ映画のお約束だもんね！　みんなを避難させたら、すぐに戻ってくるからね！　あ、これなんか別のフラグっぽい！」

しゅたっと手をあげて、フラットが走り出した。

スヴィンには敵わないものの、その速度は大したものだった。

遅れて通りに姿を現したほかの生徒たちに適当な言葉をかけながら、たちまち先導していく。ああいうところはムードメーカーの強さだ。状況を完全に理解させずとも、なんとなく言いたいことだけは伝わるというのは、稀有なる才能である。

残ったスヴィンが、こちらに振り向いた。

「姫様は、本当に避難しなくていいんですか」

「さっきからだけど、そのあだ名で呼ばれるのは久しぶりだな」

エルメロイの姫君なんて、私のことを呼ぶ者もいる。もちろん敬意を込めてのことではない。本来の本家であるアーチボルト家が失墜し、無理やり後継者として擁立された私を揶揄《やゆ》しての呼び方である。

ただ、スヴィンはたまに、別の意図で使っていた。

「この緊急事態で、先生が不在である以上、現代魔術科の代表は姫様です」

つまり、こういうことだ。

必要に応じて、組織としての上下関係を確立すべく、即座に行動する。そのためなら呼び方や態度も変えてしまうあたり、なんとも野生の犬っぽい。群れのボスをきちんと決めておくのが、彼の行動原理なのだろう。

だから、私もうなずいた。

「ああ、君の言葉は道理が通っている。ついでに言えば、私に自覚を促すことで危険地域から避難させておこうってことだろうが……今言っただろう？　面倒ごとを押し付けられる我が兄がいない以上、こればかりは私も付き合わないとならない」

「分かりました。ですが、十分に警戒してください」

「もちろんだとも。トリムマウ、自律防御態勢に」

「了解致しました。お嬢様」

小さくうなずき、背後にいたトリムマウがとろりと溶けた。万一のため、すぐに私を守れるよう、銀色スライム状の防御態勢だ。

ふたりして、ゆっくりと歩き出す。

すぐに、スヴィンが目を細めた。

粉塵の向こうを見つめているのか、それとも嗅いでいるのか。

「破壊の中心は旧学舎のようですが……そういえば、使ったことありませんね」

「エルメロイが現代魔術科を預かる頃には、封印されていた場所でね。もちろん、一通りは見聞したが、霊地としての歪みは手がつけにくく、迂闊に魔術を使うと悪霊なりが大量発生しかねないということで、私や兄上もどうこうしようとは思わなかったのさ」

私も、話しながらスカートをつまんで、そっと崩れた壁をまたぐ。あまりお上品な仕草とはいえないが、非常事態ゆえ勘弁していただきたい。

隣を歩きながら、少年の体はすでに魔力で覆われていた。

青白い炎にも似た魔力は、多くの魔術師の目に見えるほどだ。それは彼の魔術に則って、獣のカタチを帯びている。鋭い爪と牙、そして通常の『強化』に数倍する瞬発力や感覚の増幅をもたらす、グラシュエート家の魔術。

獣性魔術。

時に獣の狂気ももたらすと忌み嫌われていた魔術は、スヴィンの代で結実した。兄の教えがどれだけ助けになったかは私にも分からないが、エルメロイ教室でも最年少クラスの典位《プライド》を獲得したことからもその実力は明らかだ。

「匂いが、します」

いっそ平地よりも軽々と歩きつつ、時に大きな瓦礫を片手でどけながら、小鼻を蠢《うごめ》かせて、少年が言う。獣性魔術の発動によって、嗅覚もさらに数倍の鋭さを確保しているのだ。この粉塵の最中でも一切迷わず、砕けた瓦礫の中を早足で進んでいく。

旧学舎の内側は、なおさら凄まじい状態になっていた。

ひとつの嵐を建物に封じ込めたとしても、これほどの惨状にはなりえまい。窓は残らず砕け、壁は黒く焼け焦げて、襲撃の苛烈さを存分に表現していた。

「徹底的……というよりは、それだけの破壊力があったと見るべきでしょうね」

スヴィンの言葉に、私は唾を飲み込んだ。

あの魔眼蒐集列車《レール・ツェッペリン》での恐怖を、無理やりにでも抑え込む。どうかすれば、足も頭も止まってしまいそうだった。おそらく本能だろうと思う。同じ神秘を扱う者として、桁違いだったあの英霊に、魔術師の本能が屈しかけている。

「相手がハートレスだとして」

自覚しているからこそ、抵抗しようと、声を強めに張り上げた。

「スラーの街で通常の範囲なら、そもそもカウレスに変身して潜り込んだときに、いくらでも物色できたはずだ。現代魔術科に復讐しようというなら、最初の一撃の後沈黙しているのはおかしい。フラットが避難行動を呼びかけられるほど、間をあけるのは得策じゃないし、フェイカーの宝具であれば続けての破壊も可能なはずだ。どう思う？」

「いくつか考えられますが」

隣を行きつつ、スヴィンが囁いた。

その声にも、微かながら魔力が宿っている。獣の咆哮は、洋の東西を問わず、そのままで完成された魔術である。時に邪悪を呼び寄せ、時にその逆に魔性を払う。人にはなせぬ音域と野性の響きにはそれだけの意味があると、古くから考えられてきたのだとか、兄の講義でも話されていた。

「ひとつは、魔力不足。宝具を使用するには大量の魔力が必要なはずです。聖杯戦争については少し調べましたけど、サーヴァントの維持はある程度聖杯が肩代わりするそうです。しかし、員数外の彼女にはそんな特典はないでしょう」

「わざわざ乗り込んでおいて、敵地でガス欠かい？　仮にも現代魔術科の元学部長が、そんな愚か者ではあるまい。そうであってくれれば、楽だとは思うがね」

「そうですね。その線は考えられません」

　もとよりそのつもりだったか、自論をすぐさま撤回して、スヴィンが続ける。

「だったら、もうひとつの方。目的はスラーじゃなくて、この旧学舎」

「……悪くはない」

　と、私も認めた。

「旧学舎全体にかけられた封印となれば、解放にも時間がかかる。いっそ宝具で突破なんて力技も考えられなくはない。だが、だとしてもまだ薄い。彼が学部長の時代なら、ここの封印なんていくらでも好きにできただろ。後になってから、やっぱり必要だったなんて思い返したのか？」

「……僕は、先生みたいには推理できませんよ」

「そこは、我が兄も、私は探偵じゃないとかいつもの台詞を言うところさ」

　ほとんど決まり文句になってる兄の愚痴を思い出して、私は唇を歪めた。

「そして、エルメロイ教室の双璧で、兄と同じ答えを共有するのがフラットなら、兄と同じ計算を共有するのが君だろう。フラットは途中の計算式を片っ端から抜いて、テストに答えだけを書いた挙句に、まったく分からんと赤点にされるタイプだが、君は兄と同じ式を書き出す優等生だ」

「…………」

そっぽを向いて、ぽつりとスヴィンがつぶやく。

「ホワイダニット」

「ほう」

「おそらく、先生もハートレスのホワイダニットに、ひとつは気づいてます」

おお、本当に来た。

「それはどういう？」

「ハートレスは、可能な限り、魔術世界には秘密裏に、この事件を進めようとしていた、ということです」

「ん？　秘密裏といっても、すでに失踪事件は把握されてるだろう？　あげく秘骸解剖局では殺人事件まで起こしておいて、秘密もくそもあったもんじゃない」

「事件を秘密裏にということじゃないですよ。自分の手札を、ということです」

「……ああ」

やっと、理解できた。

「つまり、弟子の失踪はバレてもかまわないが――対軍宝具を使えるような境界記録帯《ゴーストライナー》が手駒にいるのは隠しておきたい、ということか」

「はい。秘骸解剖局でこそ殺人事件を起こしてしまいますが、その際でも過剰な破壊は起こしていません。そして、あれは事前に準備をしていた秘骸解剖局のキャルグの抵抗によってやむなく、と考えるべきと思います。……つまり、ハートレスは可能な限り、時計塔に目をつけられないよう動いていました。こと神秘の隠匿が守られる限りにおいて、時計塔は魔術師の事件を放置しがちですからね」

少年の言葉は、ひとつずつ明確だ。

細かな魔術の道理よりも、単純な事実のみに則っているあたり、案外兄上より探偵に向いているんじゃないか？　いや、ミステリ小説の探偵なら、もっと分かりにくい蘊蓄《うんちく》や理論を混ぜて煙に巻くべきという気もするが。

「なのに、ハートレスはここで、派手に手札を切った。多分ここで切ることをずっと以前から決めていたんです。スラーに先生のいないこのタイミングで。冠位決議《グランド・ロール》をもう寸前に控えたこのタイミングで」

「……なるほど」

小さく、うなずく。

交渉ごとと同じだ。ハートレスの行動とタイミングには、おそらく確実な意味がある。

「だったら、手札を切ってきた以上、ここが彼の詰めか？」

「少なくとも、そのひとつだと思います。ついでに言えば、この旧学舎で手札を切らねばならなかった理由もあるはずです。だから、姫様もついてくることにしたんでしょう？」

「まあね。我が兄がいないところで、勝手にチェックメイトを指されていました綺麗に負けました、では間抜けにすぎる」

唇を尖らせて、私は返す。

「兄からはハートレスおよびフェイカーと遭遇しそうなら、即座に撤退するよう言われていたが、さすがにスラーを直接狙われてしまってはそうもいくまいよ。たとえ何もできなくても、足掻けるうちは足掻くべきだ。……にしても、君のその判断力は、もう少し日常にも応用すべきだな」

「なんのことです？」

旧校舎の惨状で、先を歩いていたスヴィンが、視線だけこちらにやる。

「だってそうだろう？　そんな判断がグレイについてできたなら、もっと関係が進展するかもしれないのに」

「ひ、姫様?!」

声を裏返らせたスヴィンに、くっくと私は笑ってしまう。

実に、青春じみていい。闇を啜《すす》って生きているような私たちが、そんな話題を口にしているという事実が、どうにも愉快だった。魔術師だからそんなキラキラしたものに手が届かないなんてのは言い訳で、ただ単に臆病ゆえにビクビクしてしまっているだけなんじゃないかと妄想してしまう。

そんな幻想《ゆめ》を、見てしまう。

きっと、あの兄のせいだろう。

あまりにも魔術師らしくない、その双方を備えた兄だから。

崩れた螺旋階段の裏へとまわり、『強化』した神経を張り詰めたまま、壁に手をつきながら進んでいく。

すぐに、その場に行き当たった。

もとは、学舎のホールだった場所だ。

長らく使われていなかったそこに、私はまるで知らない空間を発見した。

「地下……」

大理石でできていた床が陥没し、広い空間を黒々と覗かせていたのだ。

「さっきの君の推理、ビンゴらしいな」

この旧校舎で、手札を切らなければならなかった理由。

現代魔術科の先代学部長であるハートレスが求めるような何か——今の現代魔術科の重鎮である私も知らない何かが、旧校舎の地下に潜んでいたとしたなら？

「地下、地下、地下ばかりだ。グレイの故郷でもそうだったが、なんだかネズミになった気分だぞ」

「僕らには馴染みがある場所じゃないですか」

「まあ、魔術師だからね」

「先に行きます」

スヴィンが、穴へと身を躍らせた。音はほとんどしなかった。猫の身のこなしにも似た、独特の体勢で、少年がこちらへと手を振る。

それを見てから、私も思い切って、足を『強化』して飛び降りた。

着地音を可能な限り殺して、周囲を見回す。

「こんな場所が、スラーに？」

ほとんど真っ暗だったが、最小限の光でも、魔術師の目には十分だった。

信じられなかった。だというのに、闇の内側で盛り上がった構造物はあまりにも雄弁で、自分が見ているものが幻ではないと訴えかけていた。

ひどく巨大で、しかしどこか見覚えのあるカタチをしていた。

頭上の穴から、ぱらりと破片が落ちて、その構造物に跳ね返った。

「……なんだ、これ？」

唾を飲み込み、手を伸ばす。否定したかったのに、確かな感触が返ってきた。返ってきてしまった。あまりにも巨大ではあったが、それは子供の頃に慣れたキチン質の外殻の感触――つまり、

「……虫の亡骸、でしょうか」

呟いたスヴィンの声音も、どこか現実味を欠いていた。

ああ、そうだ。

認めたくはない。だが、認めざるを得ない。

私たちの目の前にあるのは、巨大な虫の亡骸だったのだ。

ダンゴムシ《ピルバグ》の種類にはなるのだろうか。しかし、あまりにも巨大すぎる。明らかに体高は三メートル、体長は十メートルを超えている。しかも、亡骸はひとつだけではなく、広大な地下空間のあちこちに、いくつか転がっていた。

「いやいやいや！　いくらなんでもありえないぞ！」

　と、かぶりを振った。

「この規模だぞ。いくら緻密な結界を張っていようが、こんなものが地下に埋まっていて、私にしろエルメロイ教室の生徒どもにしろ、何年も気づかないわけがない。もし、そんなのがありえたら、私たちはどれだけ間抜けなんだ！」

　明らかに、空洞は旧校舎の内部だけでは済まない。

スラーどころか、学術都市周囲に敷いた結界の外にまではみでそうな大きさだ。こんな神殿が足元にあるのに、私たちが何も気づかず能天気に授業を受けていたなど、その方がよほどありえない。

　しかし、だとしたら、なおさら異様だ。

（……まるで）

　まるで、たった数分前に、この巨大な空洞ができあがったかのような。

「…………っ」

妄想を振り払い、私は視線をあげる。

ひとまず、目の前の巨大なキチン質の亡骸について、結論を告げる。

「……これは、霊墓アルビオンの生物の、亡骸だな」

「アルビオンの？」

「ほかに考えられない。世界中探せば、こんな生物が潜む異郷もあろうが、ロンドン近郊の地下でふたつも三つもあってたまるか」

正直な感想を、私は吐露する。

あってたまるか。魔術師としてはあるまじきことだが、あまりに荒唐無稽な事柄を受け容れたくない――という思考が働いている。

（……くそ、アルビオンが関係してるとしても、精々密輸品が仕舞われてる程度と思っていたぞ）

さきほども、書庫であれこれ記録を漁っていたが、以前ハートレスが率いていた頃の現代魔術科が、霊墓アルビオンと何らかの利益関係を持っているのではないか、という疑いを私は持っていた。本来、アルビオンの呪体は秘骸解剖局を通じなければほとんど取り扱いができないようになっているが、ハートレスの弟子たちが生還者《サヴァイバー》だったというなら、抜け道を知っていることもありえるからだ。

――『あの迷宮で、密輸の可能性が出ていると聞きました』

ロード・トランベリオ――マグダネル・トランベリオ・エルロッドとの会談で、兄が自ら切り出したことだ。私の推測と行動も、もちろんそれを根底にしたものである。仮に、冠位決議《グランド・ロール》の途中で、そんな事実が暴露されれば致命的だと考えたからだ。アルビオンからの密輸なんて禁則事項を犯していたと知れたら、取り潰しならマシな方で、ヘタを打てば今後百年奴隷奉公させられかねない。

(……それが、なんだ、これは?)

旧学舎の床をぶち抜いただけで、アルビオンに至るなど、ありえない。

たとえ最も浅い層でも、地下を十キロは進まねば辿り着かぬはずだ。

だったら、これはなんだ?

「たまたま、アルビオンの中で、異常に地表と近い部分が現代魔術科の地下につながっていた？　もしくは、この虫どもが掘り進んだ結果、こんなところまでやってきてしまった？　実は、ハートレスが地下に原子力発電所をつくっていましたとかいう方が、よほど納得できるぞ」

唸りを上げたところで、違和感を覚えて、私は胸を押さえた。

「けほっ」

「姫様」

眼球が熱い。

鏡で確認するまでもなく、今の私の瞳は真紅に染まっているだろう。視界の端に、ぼんやりとした影が滲んでいる。

「……大丈夫だ。スヴィン、お前も獣性魔術は呼吸器官まで徹底しておけ。濃いエーテルで内臓をやられかねないぞ」

「――っ、分かりました」

すぐさま、スヴィンの魔力が新たに循環する。

空気そのものにまで、濃い神秘が含まれているのだった。まさしく霊墓アルビオンそのものとしか考えようのない環境。

どれほど受け容れがたくても、認めるしかない事実が、この身体にのしかかっていた。

（……だけど、どういうことだ？）

わざわざ、これを見せるために、ハートレスがスラーを襲ったわけじゃあるまい。だったら、そのホワイダニットは何なのか。こんなときにこそいるべきなのに、我が兄は何をしてるのか。

俗っぽい悩みと焦りに心臓を跳ねさせているだけでは、すまなかった。

目の前の亡骸を観察していたスヴィンが、小鼻を蠢かせてから、その背後へと視線を研ぎ澄ませたのだ。私の『強化』された視覚でもすぐには見通せぬ闇を、少年の鼻が嗅ぎつけたらしかった。

「いるのか？」

「ええ、まだ距離はありますが」

躊躇なく、少年が四つん這いになった。

「姫様、こちらへ」

「アストンマーティンの乗り心地を約束してくれるかい？」

「跳ね馬でもよろしければ」

背中に体重を預けると、まるでこちらが羽毛のごとく軽々と、少年の足が地を蹴った。

巨大な甲虫の背を蹴って、手近な地下の壁へと貼りつく。二足歩行ではない。折り曲げられた指——魔力によって形成された半透明の鉤爪《かぎづめ》を食い込ませての、四足歩行だ。私を背に乗せたまま、重力を無視するように、スヴィンの体はぐいぐいと壁から天井を闊歩していく。

「器用なものだね」

呟いたのは、同じく魔力で仮装構築された尻尾まで使って、スヴィンがこちらを支えてくれていたからだ。さすが優等生、そつがない。トリムマウは薄く伸びて気配を隠し、後ろからついてきてくれている。

かすかに、風の動きがあった。

どうやらこちらが風下らしく、それゆえにスヴィンが匂いを嗅ぎつけたのだろう。

しばらくそうして進んだところで、今度こそ私の視界にも異常が発見できた。

「あれは……」

空間が、揺らめいていた。

陽炎のようにと言いたいが、季節が違いすぎる。地下にあっては季節など無きに等しいが、それでも地上と同じく肌寒いぐらいの温度には違いない。

だから、それは光の異常ではない。

闇ですらない。

ただの光に頼っている私たちの視覚では、その状態を認識できないのだ。


「――裂け目《ポータル》？」


思わず、私は呟いていた。

霊墓アルビオンに繋がるという裂け目《ポータル》。ロンドンにわずか四つしか存在せず、それすら地下数十階ほども潜らねばならぬはずの神秘の入り口が、この場に開いていたのだ。

ぐい、とスヴィンが首を捻る。

裂け目《ポータル》のすぐそばで、泥混じりの土を、巨大な戦車が踏みにじっていた。

現代の、軍用戦車ではない。

古代のそれだ。

馬を並べて、兵士たちを薙ぎ払ってきた、歴史ある兵器。ただし、今戦車を牽くものは馬ではない。骨だけで組み上がった竜である。一頭ずつが発散する途轍もない魔力に比例して、その蹄は稲妻を纏い、戦車全体もまた恐るべき紫電を撒き散らしている。

魔天の車輪《ヘカティック・ホイール》。

その名を、私も覚えていた。本来は英霊イスカンダルの宝具だが、影武者たる彼女は魔術によってそれを操るのだと。

指揮者《フェイカー》は、悠然とその戦車の手綱を握っていた。

「……ああ、来てくれたか」

と、彼女の唇の端が吊り上がったのだ。美しく、獰猛《どうもう》な笑みだった。

同じ戦車で、背後にはハートトレスが立っており、その赤くて長い髪を押さえていた。

サーヴァントとマスター。ふたりが並んだ姿はひどく自然で、召喚からまだ二ヶ月ほどのはずなのに、古くから連れ添った戦友のように見えた。聖杯戦争に参加したことのない私には分からないが、いままでのサーヴァントとマスターも、このような関係だったのだろうか。

「良かった。戦いの場を与えてくれたと、マスターに感謝していたからな。来てくれないと、私が間抜けみたいになってしまうだろう？」

……いいや。

彼女は、すでに戦った後だった。

さきほどの甲虫とは異なった怪物たちが、体液を流して地に伏している。あるいは猿が変異したかのような、あるいは地上を泳ぐ鮫《さめ》のような、あるいはカタツムリが変異したかのような、奇々怪々なる怪物たちが残らず絶命させられていた。

とりわけ、いかにも強固そうな怪物の外殻が深々と切り裂かれていることが、ぞくりと私の肌を粟立たせた。神秘を存分に吸った甲殻の強度は、おそらくなまなかな鉄に勝るだろうと、推測させられたからだ。

(……こちらこそ、化け物か)

霊墓アルビオンの未知なる怪物たちさえものともせぬ、最強の使い魔。

境界記録帯《ゴーストライナー》。

降霊術の秘奥ですら見通せぬ、英霊の座から呼び出されたモノ。

その彼女が呼びかけている。そこにいるのならば、早く姿を現せ、と。

「……すいません、姫様」

諦めて、スヴィンが天井から指を離そうとしたときだった。

「――待て」

と、ギリギリまで声量を絞って、私が制止したのだ。

「どうやら、私たちじゃ、ないぞ」

今度は、私の瞳が捉えていた。

普段は持て余している、感受型の魔眼。かすかな魔力を捕捉して、フェイカーよりもさらに奥の闇に、ちくちくと痛みの反応を返している。

少し遅れて、フェイカーの後ろから、ハートレスが唇をほころばせた。

「ああ、これはいささかタイミングが悪かったですかね。君主《ロード》はいないと踏んでいたのですが、あなたと出くわすとは。……いえ、偶然ではありますまいが」

（……ま、さか）

　叫び出さないのが、精一杯だった。

　一体、この現実はどれだけ展開を詰め込むつもりだ。とっくの昔に飽和した私の頭は、現れた人物の正体に爆発してしまいそうだった。

「はは、煙草を返してもらいに来たつもりだったんだがね」

　と、新たな声が響いたのだ。

　闇から、橙色の気配が分離した。

　ジャケットの胸ポケットにかかった眼鏡、白いシャツの肩口には——ああ、私の魔眼が感知したのはあの使い魔なのだろう——水晶細工と思しい蜉蝣《かげろう》がとまっていた。私は直接会わなかったが、二日前グレイとフラット、スヴィンが邂逅《かいこう》した魔術師。

蒼崎橙子《あおざきとうこ》は、愉しげにサーヴァントとそのマスターを見つめていた。

3

どのように、この事態を捉えればいいのか分からなかった。

かたや、境界記録帯《サーヴァント》。

人類史の礎であり、英霊の座に記録されてきた戦士のひとり。

かたや、冠位人形師。

現代の魔術師の頂点にして、一時は封印指定にも列席されていた女魔術師。

いずれも隔絶した神秘であり、その存在自体が伝説として語られる異形である。ひとりずつですら時計塔を震撼させる者たちが、よもや現代魔術科の地下で対峙するなどと、誰が考えるだろうか。

まして……まして、万が一、このふたりが争ったならどうなるか、など。

「きちんとご挨拶するのは初めてですね、ミス・アオザキ」

フェイカーの背後から、ハートレスが一礼した。

それを受けて、一定の距離で、橙子が停止する。

「学生時分から、ドクター・ハートレスの名は聞いていた。現代魔術科とほとんど接触が無かったのが、今になって悔やまれる。……いや、しかし、面白いものを見せてもらった」

周囲を見やった橙子に、ハートレスが首をかしげた。

「アルビオンへの裂け目《ポータル》ですか？」

「とぼけるな、元学部長。わざわざ宝具で突っ込んできたんだ。裂け目《ポータル》はあくまで一部。この場所自体がどういう性質なのか、ついさっきやってきた私なんかより、あなたはよく分かってるだろう？」

問うて、今度はゆっくりと橙子は横に歩いた。

別の角度から、ハートレスとフェイカーの表情を観察しようとするみたいだった。

「たとえば彷徨海バルトアンデルス。たとえば異界に通じる帰らずの海《バミューダ》」

口端にのぼった名前は、私も聞いたことがあった。

ひとつは、時計塔やアトラス院に並ぶ、最後の魔術協会。年に一度しか現実へ姿を現さぬ、神代《しんだい》を盲信する魔術師の群れ。

ひとつは、西欧に名だたる怪異。あらゆるものを飲み込む、深淵の海域。

かつん、かつん、と地下に橙子の足音が響く。

「双方原理は違うが、結果としては今回と酷似してる。……ああ、たとえば炭酸水みたいなものだ。ふつふつと立ち上ってくる泡のひとつ。消えては現れ、現れては消える。私が好きだったのは、ガラス瓶の甘ったるいソーダだったが、今でも日本ではガラス玉が入ってるのかな？」

懐かしむみたいに、橙子が目を細める。

「おそらく、霊墓アルビオンという座標は、地上の人理版図《テクスチャ》からは厳密に決定されていない。揺らぎを持ち、不規則に座標を移動させている。この座標のあやふやさは、現代科学の量子のふるまいにも似るだろう。現実に依存してないのだから、逆にどこにでもいられる。本来、地下数十キロにあるような霊墓アルビオンの一地形が、同時に地表近くにも存在しうる。

つまり、不合理極まりないが、霊墓アルビオンの中で、この隔離された空間自体が彷徨っているんだ」

(空間が、彷徨う——？)

その言葉はどう考えても不自然なのに、どこか私の腑に落ちるものがあった。

ふと、兄が遊んでいるゲームを想像した。

ランダムに現れる、特別なステージ。時にボーナスステージだったり、時に規格外の強敵と戦わされるエクストラステージだったり、さまざまに趣向は異なるが、ともあれ通常ではない手順で出現する空間。

ここも、そんな場所だとしたら？

「アルビオンからはぐれた泡が生まれては消えて、消えては生まれる。こうして生まれた泡は本体のアルビオンと繋がりつつ、ちょっと時間が経つと消えてしまうから、今まで時計塔の魔術師にも秘骸解剖局の生還者《サヴァイバー》にも気づかれることはなかった。

だが、現代魔術科の元学部長であるあなたは知っていた。そういう泡が、この旧学舎の地下に現れることがあると。……いかがかな？」

「ええ、さすがです。冠位人形師」

ハートレスの微笑は、毫《ごう》も崩れなかった。

そして、

「……姫様」

「……ああ、だったら、過去の現代魔術科《ノーリッジ》の密輸疑惑は確定だな」

闇に潜んだスヴィンの囁きに、私は小さくうなずいた。

ハートレスの資金源には、以前から不明点が多かった。

魔眼蒐集列車《レール・ツェッペリン》においては魔眼オークションでイヴェットを援助した件、双貌塔イゼルマにおいては膨大な資金によって菩提樹の葉を用意せしめた件。いずれもそこらの富豪がぽんと出せる額ではない。しかし、こうした空間の存在があり、アルビオンから呪体を定期的に採取できたならば、不思議にはあたるまい。

だが、まだ疑問は残る。

何故、今、ハートレスが霊墓アルビオンへ向かっているのか。

スラーを蹂躙《じゅうりん》する対軍宝具まで使って、なぜこのタイミングで？

そんな疑問を頭でぐるぐる巡らせていると、ハートレスの方が問いかけたのである。

「で、ミス・アオザキ。あなたはどのような御用でこちらに？」

「ああ。ちょっとした捜索依頼を受けてしまってね。こういう探す者向きの依頼は、あまり私と合ってないんだが、そこは浮世の義理だ。君の弟子の捜索依頼なんだけどね？」

橙子の瞳が、ハートレスのそれを射貫いた。

「率直に訊きたい。君は、かつての弟子をどうしたんだ？」

「どうしたと仰ると？」

「別に難しいことを聞いちゃいない。単に、彼らは誰の弟子だったのかなって訊いてるんだ、元学部長」

（……どういう意味だ？）

私にも、橙子の問いの意味は判じかねた。

そして、ハートレスは整った眉をひそめたのだ。

「これは困りました」

優秀な生徒に課題のミスをつかれたような顔だった。

ほんの少し間をおいて、落ち着いた口調で、彼は答えを返した。

「私は彼らに、君の人生を最も輝かしいものに捧げたまえ、と話しました。そして、彼らには、それに相応しい、輝かしいものがありました。だから、どちらも落ち着くべき結果に落ち着いたということですよ」

「なるほど。それは重畳《ちょうじょう》。落ち着くべきに落ち着いたというなら、悪くはない。だが、だったらどうしてアルビオンに向かう？　どうして学部長をやめて、十年もかけて、こんな事件を起こした？」

「つまらない理由ですよ」

　今度は、ハートレスは淡く微笑を浮かべた。

「多分、ほかのどんな魔術師に聞いても、同じように答えるはずです。あまりにもくだらない――あまりにも些細な理由です。花を摘んだら棘《とげ》で指を痛めたから、とかそんなのと大差ありません」

　ハートレスの声音は、いつもと変わらなかった。

花を摘んだ程度の理由。それで指を痛めた程度の理由。

はらわたが煮えくりかえるかと思った。――たかがそんなことで、私のスラーを傷つけたのか、と。

　対して、橙子はもうひとつ新しい名をあげたのだ。

「クロウ、という名の弟子を覚えているか」

　やはり、ハートレスの表情は動かない。

「ほかのあなたの弟子は、失踪した者も含めて、最近まで足取りを追えていたが、その名の弟子だけは摑めなかった。最後の情報がおおよそ十年前。あなたが時計塔の学部長をやめて、野に下る直前のことだ」

「…………」

無言。

ハートレスと橙子の間で、不可視の刃が交わされているようでもあった。それは、前のパワーランチで、ロード・トランベリオと私たちの間で交わされたものと同質であり、しかし、いつふたりの間で実際の殺し合いが始まるかもしれぬという意味で、まったく異なるものだった。

「とはいえ、私もあなたが現れるとは思ってなかったんですよ」

と、赤毛の魔術師は話題を切り替えた。

「それは、誰に依頼されたんです？　わざわざ冠位人形師をどこのどなたが？」

「そんな大層なものじゃない。義理で乞われれば、展覧会の隅っこに人形を置くことだってあるさ。今回もそういうくだらないしがらみのひとつでね。……ああ、仙人なぞになりたかった昔からはずいぶん遠くに来てしまったが」

「ですが、このタイミングなら、冠位決議《グランド・ロール》の関係者には違いないでしょう？」

「それこそ答える義理はないな」

橙子が、薄く笑った。

しばし、ハートレスは間をおいた。

それから、ゆっくりと言葉を紡ぐ。

「いささか困りました。場合によって、こちらの打ち手を免れて、新しい学部長が来るかもしれない……とは思ってましたが、あなたと鉢合わせるのは想定外だった。答えていただけないことには、こちらも手の内を明かしかねます」

「交渉決裂か」

と、橙子が肩をすくめた。

踵を返そうとして――その足が止まり、振り返って尋ねる。

「帰してくれる気はないかな」

「ご冗談でしょう。それに、少しばかりあなたは聡すぎる。私にとっては、たったひとりで時計塔すべてに値するほど重大で、危険すぎる。よろしければ、もう少しお話を聞かせていただければ」

「ああ、現代の魔術師というものを試させてくれ」

フェイカーの瞳に、炎が滾《たぎ》っていた。

こればかりはハートレスも予想外だったのか、小さく息を止めて、隣を見やったのである。その視線の延長上で、フェイカーはにんまりと唇を歪めていた。

「しまった。戦士の魂に火をつけてしまったか」

橙子が天井を仰いだ。

想定はしていたが、それだけは避けたかったという風だった。確かに火遊びはしたが、本物の火事になってほしくはなかったんだよ、とでも嘯くような仕草。

「なら、仕方ない」

かぶりを振るとともに、かつん、と音がしたのだ。

詠唱さえなかった。だからこそ、ハートレスもフェイカーも虚をつかれたのだろう。

突然、ふたりを取り囲んで、幾多の魔術文字——ルーン文字が光り輝いたのだ。その軌跡が、さきほど橙子が歩いた道筋と一致すると、私の瞳は訴えていた。

（まさか、踵でルーン文字を刻んでいたのか⁈）

一体、それはどんな離れ業か。

「以前つくった、ルーンを生産するルーンの応用でね。ロンドンに戻ってからは、少しばかり多めに持ち歩くようにしてる」

ルーン魔術は、一度途絶えた魔術である。

魔術基盤ごと衰退した術式は、現代の魔術師にはどうにもならない。もはやルーン魔術はごく一部の家系だけに、かつてのカケラを残して消えゆくのみと思われていた。それを復興させたのが、蒼崎橙子だったのだ。

これらの偉業をもって、時計塔は彼女を冠位《グランド》と認定した。

そして今、彼女の踵が刻んだルーンは倍増しに数を増やしていく。瞬く間に百を数え、千を超え、冠位のルーン魔術が一組のマスターとサーヴァントを覆い尽くす。

「大量生産《マスプロダクション》で悪いが、受け取っていただきたい。ᚨ《アンサズ》の炎だ」

通常、ルーン文字において、炎はᚲ《ケイナズ》で表現される。

だが、あえてᚨ《アンサズ》で使うならば、それは神秘を尊ぶ場合だ。時に言葉を、時に神そのものを表すそのルーンは、術者が認識する神によって万物へと変容せしめる。

雷の神を浮かべたなら雷へ。炎の神を浮かべたなら炎へ。

ならば、それは単なる炎ではなく、サーヴァントという強大なる神秘を焼くために選ばれたルーン――！

猛烈な炎の嵐の中で、

「フェイカー」

声が、聞こえた気がした。

続いて、たった一言。

「病風《Aello》」

一陣の風が、地底に吹く。

その禍々しい風に触れるや、数千にも膨れ上がった莫大な数のルーンの炎が、たちまち鎮火していったのだ。

「神の名をもって英霊を焼くというアイディアはいい。量も申し分ない。しかし、その術式では直接神のカケラを呼び起こす私の方が有利とは思わなかったか？」

フェイカーの言葉は、現代の魔術師とは違い、直接神の権能のカケラを借り受ける神代《しんだい》の魔術師ゆえだったか。神代から離れ、多くの自然現象が神霊としての形を失っても、契約を結んだ神代の魔術師は、いまだその力を行使しうる。

たとえば、神代で魔術を培ってきたサーヴァントならば――！

対応して、新たな魔術を橙子が起動するだけの隙も与えなかった。


「雹蕨《Nereides》」


さきほどの名がギリシャ神話におけるハーピー――神の血を引く怪物のものであれば、今度の名は、確かギリシャ神話で水の女神たちを示す総称であったか。

たちまち空気中の水分が凝固し、冠位人形師の両手両足を拘束したのである。

「ははっ。神代の魔術師の高速神言か！」

縛られたまま、橙子は笑う。

「神秘の強度も階梯も無視して、あらゆる魔術が一小節《ワンカウント》！　これはチートというよりも、もはやバグの一種だな。いや、原義からいえば逆なんだろうが」

しかし、縛られてもなお、彼女は止まらなかった。

鋭く、口笛を鳴らしたのだ。

おそらく、ルーンの炎を巻き起こしたときに、彼女はすでに次の準備を終えていたのだろう。その音が響き渡るや、橙子の肩に水晶の蜉蝣が止まったのだ。最初の一匹だけではない。次々と蜉蝣は集まり、まるで水晶の塔のごとく、橙の魔術師を飾った。

そして、水晶の群れは姿を変えたのだ。

　あたかも、それは砲門だった。

　蜉蝣の一匹ずつが部品となって寄り集まり、いくつかの巨大な砲門となって、フェイカーとハートレスに牙を剥いたのである。

「神代の魔術師が知るはずもないが、現代では変形合体のおもちゃが流行ったことがあってね。イギリスではどうだったかな？」

「トランスフォーマーのおもちゃがあったかな？　あれは確か君の国で生まれたと思いますが」

　ハートレスの返答に、橙子が片目をつむる。

「ありがとう。ひとつ、物知りになった」

　砲門に魔力が集中し、一斉に射出する。

　精密に制御された――凄絶なる魔力の塊。

　たとえサーヴァントであろうと、ただではすまぬはずの魔力の凝集だった。ましてやマスターたるハートレスは、優れた魔術師とはいえ、ただの人間だ。これほどの魔弾を喰らえば、絶命は免れまい。

　ごお、と風が唸った。

　炸裂した魔弾が、膨大な粉塵を巻き起こす。

　物理的に発生した威力で、地盤がビリビリと震える中、私の瞳は視た。

　粉塵の内側から、颶風《ぐふう》のごとく駆け抜ける影――フェイカーの勇姿と、その背後で、傷ひとつなく佇むハートレスを。

ありえない結果に対して、すぐさま謎を見抜いた橙子が呻いた。

「――対魔力スキル！　じゃなくて、固有スキルか！」

おそらく、イスカンダルの影武者としてあらゆる呪いをその身に誘導してきた彼女の人生が、ひとつのカタチを得たスキルだったのだろう。ハートレスを狙い定めたはずの魔術は大きく逸れて、フェイカーひとりへと殺到したのだ。

疾走しながら、彼女の身につけた護符《タリスマン》が砕け散る。

それもまた、生前の彼女がイスカンダルを守るためにつくりあげた護符だったか。サーヴァントすら傷つけるはずの魔弾は、その護符の前に、髪を揺らすだけの涼風と化したのだった。

「魔術の精度は見事」

サーヴァントが、呟いた。

「発想にせよ、戦いに際しての覚悟にせよ、感嘆するしかない。術式の巧みさで言えば、私よりよほど上だろう。お前は我が王に推挙してもいいほどの魔術師だ」

彼女にとって、間違いなく最大級の賛辞だった。

「――だが、脆《よわ》いっ！」

豁然《かつぜん》、地底の空気が断ち割られた。

音さえ残さぬ、鮮やかなフェイカーの一撃は——しかし、橙子の頭蓋を割る寸前で、停止した。

中空で止まった剣が、小刻みに震えている。

そして、私は囁いた。

「——よくやった、スヴィン」

「はい、姫様」

短く、答えが返った。

英霊の剣を阻んだのは、獣性魔術に身を包んだスヴィンだったのだ。

いや、獣性魔術だけではない。剣を受け止めた右手は、獣性魔術と干渉しないカタチで、銀色の籠手が鎧っていた。

つまり——トリムマウの一部を加工した、月霊髄液《ヴォールメン・ハイドラグラム》の鎧が。水晶蜉蝣が変化した砲門から魔弾が放たれた直後、その魔弾がフェイカーに吸い寄せられるのを見た私は、スヴィンに介入を命じ、月霊髄液《ヴォールメン・ハイドラグラム》を操作したのだ。

「お前……っ」

「失礼！」

獣の咆哮が、フェイカーの顔を叩いた。

これもまた、獣性魔術の応用だ。そこらの魔術師ならば、一喝で昏倒させるに足る。サーヴァントたるフェイカーを気絶させるには至らなかったが、一瞬ひるませ、体勢を立て直すには十分だった。

　スヴィンとともに後方へ跳躍した橙子が、手を振った。

　フェイカーの魔術による拘束は、あの数秒ほどで解呪《ディスペル》したらしい。あいかわらず、舌を巻くほどデタラメな腕前だった。

　こちらを見やり、橙子が片目をつむった。

「来るとは思っていたが、こんなところで来るか」

「はは、この機を逃すとダメかなと思って」

　苦笑して、私は頬を掻いた。慎重に隠れていたつもりだが、フェイカーたちはともかく、やはりこの冠位人形師にはバレていたらしい。

　対して、橙子は顔を上げて、注文までつけてきた。

「感謝しよう。ついでにあそこで怖い目をしてる戦士から、守ってもらえるかな」

「スヴィン、警戒を」

「はい」

　スヴィンが前に出る形で、立ち位置を変える。

　私にしろ橙子にしろ、肉弾戦向きではない。フェイカーに踏み込まれれば、その瞬間に首が飛ぶだろう。今も地底には緊張が張り詰めており、魔弾の余波で爆ぜた黒土の臭いとともに、こちらの心臓を握りしめるかのようだった。

「協力してかまいませんか？」

「もちろんだとも。手持ちのルーンが不足しないよう、準備はしていたつもりだったが、やはり神代の魔術師はものが違う」

一拍おいて、橙子は唇を歪めた。

「だいたい、脆《よわ》いのは当たり前だ。か弱いレディなんだから。だがまあ——古い、なんて言われるよりは幾分マシか」

「楽しそうに言わないでほしいんですが」

「悪いが、楽しくならないわけがない」

あっさりと、橙子が言ってのける。

それはそうだろう。真っ当な魔術師であれば、自分の命なんぞより、今初めて目の当たりにする神代の神秘にとらわれて当然だ。

それだけ、神代の魔術師は現代とはまるで違っている。

さきほどの高速神言が一例だ。現代の魔術はどうやっても、いくつかの形式に縛られる。魔力を通すだけの一工程《シングルアクション》、一小節《ワンカウント》から十小節《テンカウント》の簡易儀式まで、こうした形式によって行使できる魔術の深度は自動的に決定される。橙子のルーン魔術だって、そうした準備を先に終わらせているだけで、むしろ手間暇はよりかかっているだろう。

しかし、神代の魔術はこんな制約をやすやすと飛び越える。

たった一言で顕現する魔術の深度は、世界を騙す簡易儀式《テンカウント》に至るのだ。だからこそ、橙子が発動した大量のルーンも、たった一言でフェイカーは破却した。魔術としての深度が異なる以上、術式の精度や硬度の比較もなく、矛盾する現象は上書きされてしまうからだ。

兄とグレイが、あの魔眼蒐集列車《レール・ツェッペリン》でやりあったときだって、ついに魔術師としての実力はまともに発揮させぬまま、抑え込んだのだから——

「ロード・エルメロイII世の弟子たちですか」

サーヴァントの背後から、ハートレスは、低く囁いた。

「その通りです。現役最古参の、スヴィン・グラシュエートとお覚えください」

最古参を強めに、スヴィンが言った。

同じく現役古参組であるフラットとの差はほんの少しなのだが、その少しが彼らの間では重大らしい。彼の獣性魔術に合わせて、月霊髄液《ヴォールメン・ハイドラグラム》の鎧は、細かく流動的に変化し、銀色の毛並みのごとく彼の腕でさざめいている。

「————っ！」

突然、その鎧の手が霞んだ。

フェイカーの踏み込みは、私には感じ取れなかった。

遅れて、硬い音が二度、いや三度こだました。長く連続した反響音は、ひょっとすると、その数倍の打ち込みによるものだったかもしれない。

魔術師としても限界を超えて『強化』されたスヴィンの反射神経が、それだけの回数、踏み込んできたフェイカーの剣を迎撃したのである。かつて、我が義兄——ケイネス・エルメロイ・アーチボルトがつくりあげた月霊髄液《ヴォールメン・ハイドラグラム》の神秘は、サーヴァントの剣にすら拮抗し、地底に火花を散らせた。

　スヴィンの身体が、何度となく跳ねる。

　かろうじて、速度だけならばスヴィンがわずかに上回るか。目まぐるしく地底を跳躍する影だけを、私の目が追った。スヴィンの調子を感じながら、月霊髄液《ヴォールメン・ハイドラグラム》の鎧に、リアルタイムで微調整をかけていく。サーヴァントを凌駕するためには、スヴィンの性能をギリギリまで引き出すしかないと、私もスヴィン自身も無言で理解していた。

（——すまないな、我が兄！）

　ハートレスかフェイカーに出会ったなら、すぐさま撤退しろと言われていた。だが、こんな状況で従えるはずもない。蒼崎橙子とハートレスがたまたま敵対していた場に乗っかった格好だが、これ以上の好機はあるまいと直感できた。

　同時に、これ以上の危機も、また。

　行き来する影の中心で、フェイカーは一度剣を下ろした。

　無造作に下ろした、としか思えなかった。

　刹那、翻《ひるがえ》った刃の閃きが、中空に真紅の飛沫《しぶき》をつくりあげたのだ。

　地底の闇に生まれた赤い斬線が、スヴィンの脇腹が切られた証だと、私の理解が追いつくのに数秒かかった。月霊髄液《ヴォールメン・ハイドラグラム》の鎧すら、真正面から宝剣が切り裂いたのだ。

「スヴィン！」

「ああああっ！」

捉えられたと悟ったスヴィンが、そのまま反撃に打って出る。

神経と血管周囲の筋肉を操作して、可能な限り失血を堰き止めつつ、水銀の爪が乱舞した。鋼鉄を切り裂く威力と速度に、霊体を傷つけうるだけの神秘を備えた、獣性魔術＋エルメロイの至上礼装。

ありとあらゆる角度から、獣の野性で襲いかかる爪を、正確かつ冷静にフェイカーの剣が捉え、弾き返す。さして力を入れている風でもないのに、爪を弾かれたスヴィンが一瞬たたらを踏むほどだった。

ばかりか、支援として周囲から射出される水晶蜉蝣の魔弾も、さりげない歩法で回避し、あるいは一言ずつの高速神言で破却していく。

「っ……！」

小さく、私は息を呑む。

フェイカーが神代の魔術師でありながら、古代の戦場をくぐりぬけた、卓越した戦士でもあることは、すでに知っていたはずだ。だが、これほどの技倆《ぎりょう》を持つことまで、本当に分かっていただろうか。

一際、高い音が鳴った。

「……あれの生徒にはずいぶん面白いのがいるな」

宝剣と水銀の爪で迫り合ったまま、フェイカーが口にする。

よく通る声だった。通信技術などない古代の戦場では、それも将師にとって必要不可欠な資質であったろう。

「獣性を降ろす魔術師には、かつての東征でも出会った。ふむ、インダス川の呪師にはずいぶんと手こずらされたぞ。あのとき道案内をしてくれた小僧がいなければ、もっと苦労したろうな。はは、手土産に持ってきてくれた地酒は美味かった。おかげで、我が王が悪酔いして後が大変だったがな」

「…………」

スヴィンが纏う月霊髄液《ヴォールメン・ハイドラグラム》を調整しながら、私はとある伝説を思い出していた。

おそらく、イスカンダルの東征の話だ。兄のことを調べるとき、必然として彼の召喚した英霊を調べる機会があったが、かの英霊には似た逸話があったはずだ。

文献によっては、このとき案内した若き兵士こそが、後に古代インドでマウリヤ朝を開くチャンドラグプタその人だなどという伝説もあり、いちいちこんなところにも世界の礎となる欠片がちらつくのが、イスカンダルが桁外れの英雄たる証だった。

そして、目の前の境界記録帯《ゴーストライナー》こそは、その影武者の再現なのであった。

「だから、あのときもこうしたんだ」

女の瞳が魔力を宿したのは、次の一瞬だった。一小節《ワンカウント》さえ超えて、魔力を通すだけで発動する一工程《シングルアクション》。

強制の魔眼。

宝石や黄金のランクには至らずとも、それ自体が偉大な神秘の結晶とさえ言えるノウブルカラー。もちろん、私ごときの——いまだろくに制御さえできぬ卑小な魔眼では及ぶはずもない。

私の体が、ぴたりと動きを止める。

スヴィンも、獣性魔術や水銀の鎧はそのままに、停止してしまっていた。

「惜しい。実に惜しい」

と、フェイカーは囁いた。

皮肉でもなく、声には本心からの無念さが滲んでいた。

「せめて、あと十か二十ほど戦場を踏んでいれば、もっと足掻けただろう。兄の軍隊にいたら、半年もあれば小競り合い込みでモノになったろうに」

兄とは、真なるヘファイスティオンのことか。

そして、剣を振りかぶろうとして、フェイカーも静止したのだ。

視線が上がる。

スヴィンの、さらに後ろ。私のすぐ隣だった。

「——現代の答えのひとつ、のつもりだ」

片手で髪を掻き上げ、橙子もまた、フェイカーを見つめていた。

その意味を悟って、私は唾を飲み込む。

蒼崎橙子の片目が、炯々と光を放っていたのだ。

「……魔眼としての格だけなら、大したものじゃないな」

　フェイカーが、呟く。

「ああ。でも、今の君は動きたくならないだろう？」

　私も、橙子の瞳が見えているわけではない。

　しかし、そこにどのような魔力が働いているかは、視た。

（なんなんだ、あれは――）

　超高精度魔眼、とでも言えばよかろうか。

　私の認識が間違えてなければ、魔眼の内側にレンズが存在している。それも一枚や二枚ではない。ざっと数えただけで二十枚以上にはなろうかというレンズが、それぞれの役割を果たして、魔眼の精度を飛躍的に高めているのだ。結果として、位階では上にあたるはずのフェイカーの魔眼を圧して、その行動を制止しているのであった。

「現代のカメラやプロジェクターでは、複数のレンズを使うのが基本でね。フォーカスや補正にそれぞれ別のレンズ群のグループをあてがい、重ね合わせることで、より高性能なひとつのレンズにするというわけだ。私の魔眼の内側に、魔術でレンズを仮想構築してみた。ああ、それこそ緑内障や白内障の治療なんかでも、眼内にレンズを入れるんだから、現代科学ではポピュラーなやつだよ」

　しかし、

「困ったな。こちらも防ぎきれなかった。ろくに魔力すら回らないぞ」

と、橙子が自分の足を見下ろした。

動きを封じられていたのは、フェイカーだけではなかった。フェイカーの魔眼もまた橙子を捉え、彼女を硬直させていた。橙子の使い魔である水晶蜉蝣たちも、力を失って、その場で地面へ落ちていった。

そして、フェイカーの背後では、もうひとりの魔術師がゆっくりとうなずいたのだ。

「……おいおい、まさか」

「魔眼の呪いも、フェイカーのスキルが吸い寄せてくれたみたいですね」

魔眼さえも、彼女のスキルは引き寄せうるのか。

生前、あらゆる呪いからイスカンダルを守護した稀代の異能は、現代の地底でも正しく機能した。冠位人形師の罠からすらマスターを庇い、こうして私たちを絶望させるに至ったのだから。

ハートレスが指を動かし、フェイカーの背中に触れると、あっさり魔眼は解除された。

「似た感じの詐欺で、あの痩せぎす魔術師に魔眼を破られたのでな」

吐き捨てたフェイカーに、橙子が眉宇《びう》を曇らせる。

「なるほど、これはエルメロイⅡ世に文句を言うべきところか。地力が上の敵に、詐術まで丁寧に教え込んでどうする」

ちぇ、と橙子は唇を尖らせた。

そして、フェイカーは軽く剣の腹を叩いた。

「さて、素直にこの剣で首をはねてやるべきか？　それとも自害しろとでも命じた方がいいかな？　強制できる命令には幅があるが、あまり難しいことを言っても、その間にお前なら新しい罠をつくってしまいそうだ」

「高く評価してもらえて光栄だ。それだけで魔術師としては満足なんで、一思いに介錯してくれ」

「――フェイカー、殺さないように」

会話するふたりに、ハートレスが口を挟んだのだ。

「それは罠です。蒼崎橙子には、自分の死で発動する奥の手がありますから。この場で発動されたら、君も私も、今の現代魔術科の人間もまとめて亡くなりかねません」

「む」

フェイカーの剣が止まる。

小さく、橙子がため息をついた。

「ちぇっ。君、イゼルマでの一部始終を見ていたな」

「冠位魔術師の冴えを見られたのは、またとない光栄でした。費やされた呪体はいささか勿体無かったですが、あれほどの魔術に使われたのならば仕方ないでしょう」

イゼルマの発端となった菩提樹の葉の呪体オークションで、ハートレスが出資していたことは、すでに判明している。

おそらく、ハートレスは何らかの方法で、イゼルマの事件も監視していたのだ。当然、こうして戦うことになった場合の対策も考えていたのだろう。

「別に、君たちは、現代魔術科を潰すのが目的だったわけじゃないだろう？」

いつもの口調で、橙子が問いかける。

決定的に追い詰められたとしか思えぬこの状態でさえ、女魔術師の態度からは、そのような焦りは読み取れなかった。むしろ、互いに魔術を交わし、挨拶を済ませたのだから、今度こそ論考を重ねるべきだろうとでも言わんばかりの、傲慢さとも真摯さともつかない何かが滲んでいた。

「だったら、さっきの戦車でひたすら敷地を蹂躙すればいい。もとより、それだけ強大な宝具に、現代の魔術師で応戦できるものなんてごくわずかだ。ましてや走り回ってる最中の神代の戦車などどうしようもあるまい。なのに、そうせず、アルビオンへ向かったのはなぜだ？」

「どうしてだと思います？」

質問を質問で返して、ハートレスは無邪気に笑った。

到底、時計塔でメイン学科の学部長を務め、多くの君主《ロード》や貴族たちと渡り合ってきたとは思えぬぐらい、邪心の見えない笑顔だった。

対峙する橙子は、極めて時計塔らしい表情で問う。

「さっきだってそうだ。私たちが邪魔だというだけなら、その戦車で轢《ひ》き殺せばいい。そうしなかったのは、単に魔力が足りないから……もあるだろうけど、やはりそれだけではありえない」

　一拍おいて、さらに言う。

「君の弟子についての質問、答えてもらってなかったね？」

「…………」

「私も言いあぐねていたが、本日秘骸解剖局に死体が出たそうだね。君の弟子のキャルグとか言ったっけ。あの死体について、私はひとつの回答を持っている」

「やはり、あなただけは恐ろしい。蒼崎橙子」

　しみじみと、ハートレスが口にした。

「フェイカー。この方に凍結処置を」

「いいだろう」

　橙子を殺さず、そのように魔術で措置することを決めたのか。今度はいかなる神のカケラを呼び起こすつもりか。

　ゆるり、と唇が何かを紡ごうとした。

　刹那、

「——ここだ！」

「トリムマウ！」

　私の叫びに、スヴィンの纏う水銀の鎧だけが動いたのだ。

　瞳なき月霊髄液《ヴォールメン・ハイドラグラム》は、フェイカーの魔眼にかからなかったのである。その水銀はフェイカーの横顔へ、形成した刃を叩きつけ、つかのま、かのサーヴァントに瞬きを強制した。

衝撃でサーヴァントが自失したのは、ほんの一瞬。だが、その一瞬で十分だった。地面に墜落した水晶の蜉蝣たちがことごとく息を吹き返し、飛び上がったのだ。

蒼崎橙子の、使い魔が！

合体して砲台となっていた使い魔たちは再び分裂し、今度は奇怪な光を放って、地面に巨大な像を映し出した。

「いいものを見させてもらった。ならば、礼をすべきだろう」

橙子が嗤く。

その足元から、異様な鳴き声が聞こえた気がした。

もしくは、私たちの耳には、鳴き声としか認識できない何かが。

双貌塔イゼルマで、私とグレイは蒼崎橙子の使い魔を体験した。あれは映写機から投射した影絵の猫を操っていたのだが、あれからたった数ヶ月で、この天才はすでに次の魔術に到達していたのか。

すなわち、ひとつの映写機に頼り切らず、複数の映写機型使い魔をもって、新たな使い魔を投射するという奇々怪々なる離れ業を。

ぐにゃり、と地面から剥がれるようにして、異形の影が三次元に浮かび上がった。

「さあ、今度はどう返す。神代の魔術師」

満腔《まんこう》の自信とともに言い放ち、橙子の片眉がぴくりと動いた。

すぐ、それは私たち全員を襲う異変となって、現出した。

「——揺れてる！」

地震。

いや、単なる地震ではない。もとより、イギリスでは滅多に地震など起きないが、この揺れが単なる物理的現象でないことは、私の眼球が知覚していた。フェイカーのごときノウブルカラーにも、蒼崎橙子のごとき現代の粋を凝らした積重魔眼にもはるかに及ばないが、かろうじて魔力の変化だけは見抜くこの瞳が。

「もう、移動のときか！」

ハートレスの表情に、かすかな揺らぎが生じた。

「フェイカー！　アルビオンから離れたこの場所が、アルビオンに戻ろうとしてる。このままだと取り残されるぞ！」

「ち——っ！」

サーヴァントの舌打ちとともに、暗がりから戦車が動いた。

地下の狭さのためか、戦いには使おうとはしなかった戦車に飛び乗るや、骨の竜に手綱を振るう。たちまち、空間の裂け目《ポータル》へ突進しようとした戦車へ、しかし、橙子が投射した影の使い魔もまた、異形の体を走らせた。

最後まで、その異形がいかなる能力を保持していたかは分からなかった。

だが、影の爪は、確かに神代の戦車を傷つけたのだ。

「蒼崎、橙子――！」

何かが、地面に跳ね返った。

かすかな光を反射して、ささやかな金属音は私の足元まで続いた。

「……金貨？」

骨董品なのは間違いない。

表面に、何者かの横顔が浮き彫りになっている。だが、どうしてそんなものを戦車に積んでいたのか。

そんな疑問を検討するより早く、異変はさらに加速する。

ゆらゆら、と地底自体が揺らめいていく。まるで悪夢から復帰するごとく、水中から浮かび上がる一瞬前のごとく、世界は明滅し、収斂《しゅうれん》し、躍動し、崩壊し、再構築し、燃え盛り、凍りつき、そのすべてを孕《はら》んだまま、私の瞳に飛び込んでくる。

「あ……っ！」

「姫様！」

スヴィンの叫び声が、遠く聞こえた。

一騎のサーヴァントと、ひとりのマスターの身体が裂け目《ポータル》の向こう側へ飛び込むのと同時に、私の世界は跡形もなく砕け散った。

第二章

1

師匠と自分は、茫然とその光景を見つめていた。

まるで、爆撃でもあったようだった。

通りの建物が砕け、巨大な瓦礫がいくつも地面に刺さっている。単なる魔術の仕業でないのは一目瞭然。破壊力についていうならば、最果てにて輝ける槍《ロンゴミニアド》にも匹敵するだろう。

これがスラーだなどと、どうして信じられるものか。

たった半年ほどとはいえ、自分がずっと通ってきた学舎は、いまや廃墟に近かった。蹂躙された戦場にも似る。自分たちが知るスラーとの共通点は、ロンドン近郊らしい冬の湿った風ぐらいだろうか。

「──フェイカー、が」

呻いた師匠の横顔は、まるで死者のようだった。

「フェイカーとハートレスが、これを、やったのか」

一言ずつ区切るように、口にする。

よろけるように歩き、砕けた瓦礫のひとつずつを今にも壊れてしまいそうな顔で見つめながら、胸を押さえる。

　この人は、硝子《ガラス》でできているのではないかと、妙なことを思ってしまった。だって、今にも砕け散ってしまいそうだったから。

　そんな師匠に、通りの横合いから声がかかったのである。

「教授！」

「フラット！」

　陽気に手を振ったフラットに、あわてて師匠が駆け寄った。

　いつもトラブルとともに現れ、教室中に騒ぎを巻き起こす少年に対して、初めて師匠が見せる表情かもしれなかった。さまざまな感情がぐちゃぐちゃに混じり合った様子で、それでも師匠が早口に尋ねる。

「どうした！　ほかの生徒や講師はどうなった！」

「ええと、ライネスちゃんに言われて、生徒の避難を終えました。調査に行ったスヴィンとライネスちゃんは分かりませんが、ほかは講師のみんなも含めて全員無事です」

「ライネスの、指示か……！」

　そんな話をしているところで、

「……おお、来たかねⅡ世」

　薄くなった灰色の髪に、コンチネンタル髭《ひげ》。しわくちゃのスーツを纏う、好々爺然とした人物が、師匠に話しかけてきたのだ。

シャルダン翁。

師匠が立て直したエルメロイ教室では、最初期から務めている二級講師だった。

「翁も、ご無事でしたか」

「ははは。君が、スラーの防備は強化するように言ってくれてたからね？　施設の内側にいた者はほとんど被害がなく済んだよ」

シャルダン翁の言葉に、自分は思わず瞬きしてしまっていた。

そんな手も打っていたのか。

ハートレスに対抗するため、師匠は考えられる限りの方策を練っていたのだろう。今回もそのひとつがあたったに違いない。

しかし、だからといって、師匠の表情に晴れやかさは欠片もなかった。

シャルダン翁に頭を下げつつ、もう一度フラットへ問う。

「で、フラット。スヴィンと、ライネスはどこへ調査に？」

「あのふたりは……空から落ちてきた光を追って、旧学舎に向かいましたけれど」

少年の答えに、師匠は死にそうな顔で、旧校舎を見つめた。

そのまま、よろけるように歩みだした師匠を、あわてて自分は引き留めていた。

「ダメです、師匠！　何が起こってるか分からないのに！」

「行かないわけにいくか！　私の義妹と私の生徒だ！」

真っ青な顔色で、それでもけして足を止めようとはしない。あの地下で、イスカンダルの召喚などという受け入れようもない事実と直面したばかりだというのに、それでも師匠は抗っている。恐怖も衝撃も義務感もないまぜになって、おそらく何も考えられないだろうに、染み付いた生き方だけが身体を動かそうとしている。

そんな師匠に、もうひとりの声がかかったのだ。

「……ふむ、そんなに愛してくれていたとは、恥ずかしくて顔から火が出てしまいそうだが、残念ながらその旧校舎に私はいないぞ」

「ライネスさん！」

背後から現れた少女に、心臓が止まるかと思った。

「やあ、グレイ」

と、ライネスは軽やかに手を振った。

「ははは。なかなか危なかったんだけどね。スヴィンが私を庇ってくれて、なんとか脱出してくれたんだよ。うん、スヴィンの方は治療中だけど、つまるところはふたりとも無事だから安心してほしい」

言い終えたライネスが、うっと呻いた。

自分が、すがりついたからだ。

「ちょ、ちょっとグレイ」

「良かった……良かったです……」

どうしても耐えられなくて、少女の肩口に額を乗せてしまう。幻でも何でもなくて、伝わってくる彼女の柔らかさと体温が嬉しかった。涙で服を汚してしまうことにも、大変申し訳ないが、その瞬間だけは気がつかなかった。

「その、まあ……」

少しの間、言葉に詰まって、

「……悪かった」

ライネスからそんな言葉を聞いたのは、初めてな気がした。ぽんぽんと背中を叩いてくれたのは、多分彼女の手だったと思う。優しくて、こちらの気持ちのひとつずつにまで寄り添ってくれそうな手の平だった。

それから、

「もうひとり来客がいる。兄はこの前会っていた相手だが」

と、顎をしゃくったのだ。

自分も師匠も、その相手に目を剥いた。

崩れかけた壁に、あの蒼崎橙子がもたれかかっていたからだ。建物の影で隠れていても、はっきりと分かる赤色の髪。ダークネイビーのジャケットを着こなし、ゆるりとこちらを見つめている。

なんとか驚愕を飲み込み、すっと師匠が頭を下げた。

「どうやら、あなたに礼を言わねばならないらしい」

「成り行きだよ。まさか、境界記録帯《ゴーストライナー》に出会うなんて思っていなかったがね」

　深く息をついて、橙子は肩をすくめた。

　その様子からすれば、少なくとも、なんらかの交戦を経たということだろうか。だとすれば、ただの魔術師があのサーヴァントと五分に戦ったことになる。底知れない女性《ひと》だとは思っていたが、これほどとは。

「ただ、そちらにはイゼルマでの貸しがあったからね。それで帳消しといこう。で、貸してたヤツを返してほしいんだが」

「こちらでしょうか」

　一拍おいて、師匠がスーツの懐から、煙草の箱を取り出したのだ。

　双貌塔イゼルマの事件の最後に、橙子から師匠へ預けられていた煙草だと、それでやっと自分も気づいた。

「まさか、持ち歩いてるとは」

「いつお会いしてもいいように準備していました。……いえ、先日お会いした姿は、さすがに例外でしたが」

「周到なことだ」

　唇の端を歪めて、受け取った橙子がそのうちの一本を咥える。

　師匠がマッチを擦って火を差し出し、ゆっくりと彼女は煙を吸い込み、味わってから吐き出した。

「……ああ、不味い」

味について触れているのに、なぜだかもっと別のことを評しているような物言いだった。

しばらく、廃墟然としてしまったスラーに紫煙をくゆらせる。師匠も急かすようなことはしなかった。

一本吸い終わったのを見てから、改めて問いかける。

「何が、あったんです？」

「ああ、旧学舎の地下だよ」

こんこん、と軽く靴のつま先で、橙子は地面を叩いた。

「そこに、霊墓アルビオンがあったのさ」

「は……？」

「もう閉じたがね。彷徨える空間らしいといえばらしい。タイミングはかなりタイトで、時間も不規則なタイプだろう。この時期にアルビオンの不定空間が出現すると特定できたことこそ、ドクター・ハートレスの面目躍如というべきだ。あれこれ吐かせるつもりだったんだが、さっさと向こう側に逃げられたよ。まったく、あそこまでやらせておいて、勝ち逃げの一手とは大したものだ」

橙子の言葉は、半分も意味が分からない。

ただ、ライネスも同じ現象にあったらしく、不承不承といった感じでうなずいていた。

それだけ、彼女にしてからが受け入れがたい異変だったのだろう。

（じゃあ、ハートレスは）

アルビオンへ向かうためだけに宝具を使って、スラーを蹂躙したのか……？　そうかもしれない。ハートレスが現代魔術科の元学部長であったことを考えると、故郷ともいえるはずのこの場を破壊してまで、霊墓を目指したのかもしれない。

（……分からない）

自分には、魔術師の思考は到底把握しきれぬと、実感するばかりだ。

「いずれにせよ、こうなってしまえば、追いかけるには四つしかない正式なアルビオンの入り口を使うしかない。今の私には手に余るね」

呟いて、橙子は懐からケースを取り出した。

眼鏡をかけると、以前のように、彼女の言葉は柔らかくなった。

「で、どうするつもりなの？」

師匠に問いかけて、眼鏡の内側で、目を細める。

「私は……」

言いかけて、師匠は口ごもった。

額に手を置き、力なく、かぶりを振った。

「……わからない」

「師匠」

その声音の儚《はかな》さに、つい口を挟んでしまった。まるでそれは、今にも散ってしまいそうな花に思えて。

「自分がどうすればいいのか、もう、私には分からない……」

あまりにも弱々しい声で、告白したのであった。

しばらく、そんな師匠を見下ろしてから、橙子が告げる。

「興ざめな答えね」

眼鏡をかけているときの彼女の対応とは思えぬ、冷たい言葉。

いや、むしろそれがふさわしかったのだろう。

眼鏡をかけることで物腰は変わっても、本質は変わらない。いささか優先順位が変わったところで、彼女が蒼崎橙子として下す結論に揺らぎはない。つまるところ、今の師匠の態度に対して、いずれの蒼崎橙子もそういう答えを返すのだった。

それでも、何も言い返さぬ師匠を見やって、橙子は続けた。

「何を見たの？」

「……先の礼に、教えるべきかな」

かいつまんで師匠の話を聞くと、橙子はなるほど、と相槌を打った。

「少し、予想外のところもあったわね。封印指定にあった衛宮の術式か。うん、聞いたことはあるわ」

封印指定といえば、一時は橙子も名を連ねていたはずだ。だからこそ、同じ目にあった魔術師と術式について、概要ぐらいは知っていたのだろうか。

「あなたは、当然分かってるわね。だったら、あなたの導き出した答えには、欠落がある。

つまり、ドクター・ハートレスが召喚したイスカンダルで何をしようとしているか、その答えが欠けている」

「……はい」

うなずきつつも、師匠の声に、もはや意志は感じられない。

ライネスとスヴィンを探し求めている間は、かろうじて振り絞っていた気力が、完全に尽きてしまったかと思えた。燃え尽きた蠟燭《ろうそく》にも似ている。蠟燭は取り替えればいいが、人間の場合どうすればいいのだろう。

「もう、ハートレスを追う気はなくなった？」

「………………」

師匠は、何も言わない。

今にも崩れ去ってしまいそうな身体を、必死に押さえつけているようにも見えた。踵を返し、橙子が視線をよこさずに呟いた。

「私も、ひとつだけ教えておいてあげる」

と、言い残したのである。

「秘骸解剖局で出た死体には、もう少し気をつけた方がいいわ」

おそらく、彼女の台詞には重大な意味があったのだろう。自分の知る蒼崎橙子はけして無意味な言葉など口にしない人間だった。自分には理解できなくとも、師匠になら十分伝わるはずだった。

「………」

しかし、師匠は何も答えられずに、うつむいているままだ。

そのことを憐れむでも蔑むでもなく、橙子の囁きだけが蹂躙されたスラーに残った。

「さようなら、君主《ロード》」

2

——丸一日が、過ぎていた。

スラーの復興は、思いの外早かった。

魔術はもちろんのこと、普通に工事用の重機なども入っているのは、現代魔術科らしいと言えただろうか。この手の工事については、時計塔の息がかかっている会社が行うため、秘密は守られるということだった。

しかし。

師匠は、ほとんど執務室の外に出ることはなかった。

最初に生徒たちと講師たちの無事をひとりずつ確認し、それぞれに言葉をかけた後は執務室にこもりきっていたのである。後は、今回の騒ぎについて駆けつけてきた時計塔からの事務員などに対して、最低限の対応をしたぐらい。

師匠の影をずっと追っていた生徒たちも、声をかけた際の師匠の憔悴《しょうすい》ぶりを見て、今回ばかりは距離をおいていた。どれほど慕っていても、他人がおいそれと話しかけられない……そういう何かが、師匠の顔には焼きついていたからだ。

治療の終わったスヴィンとフラットは、そんな生徒たちの応対で忙しいようだった。講師たちに交じって、教室の立て直し、授業スケジュールの再構築、提出する論文類の見直しをしているらしい。スヴィンはともかく、フラットも意外と頼られているのが、自分には意外だったが、おそらく計算しきれないところでは彼の直感が役立つのだろう。

ライネスもまた同様の仕儀に追われており、師匠の執務室には一度入って、数十分ほどで引き返したきりである。

そして、

「…………」

自分は、部屋にも入れなかった。

まだ襲撃時の粉塵も掃除しきれていない、執務室前の廊下で、ずっと座り込んでいるきりだった。幸いにも、何人かの生徒や講師がねぎらいの言葉をかけてくれて、時々コーヒーやチョコレートまで届けてくれたが、自分はお礼を言うことしかできなかった。

ハートレスの工房で、師匠に何があったのかさえ、ライネス以外にはきちんと説明できなかった。

「……師匠は、立ち直れると思いますか」

「ヒヒッ、普通《フック》に考えれば無理だろ」

右肩の固定具に収まったまま、アッドが返す。

「ああいうのは、一年はめそめそ気にするのが普通だ。なんせ一番の心の支えを最悪の形でひっくり返されたわけだからな。もうこの件で対処するだけの精神力は、あいつに残ってないだろ」

アッドの言葉は、どこまでも現実的だ。

自分も、それが普通だと思う。

今回、どれほど師匠が傷ついたかを考えれば、立ち直って欲しいなどと、到底望めるものではない。

——霊墓アルビオンの再開発を巡って、冠位決議《グランド・ロール》が執り行われること。

——ハートレスがイスカンダルを召喚しようとしていること。

——そのハートレスとフェイカーが、突然スラーを襲撃したこと。

——現代魔術科の地下に、特定のタイミングで霊墓アルビオンの一部が現れ、ふたりはそれを利用して、アルビオンへ潜ったこと。

そのいずれもが、あまりに衝撃的だった。

さらにハートレスの弟子が失踪しているだとか、そのひとりが秘骸解剖局で密室殺人に遭っただとか、いくらでも足すことができる。

考え始めれば、自分もあまりの情報量でおかしくなりそうだ。

ましてや、師匠にとっては。

「あのとき、ロード・ユリフィスのじじいは、三日後の二月二日が冠位決議《グランド・ロール》だとか言ったな。つまり、もう明日だ。どうしようもねえ。あいつなしで腹をくくるしかねえだろ」

「…………」

返事ができない。

ぐるぐると、胸の中で石が転がっているようだ。

ごつごつした石が身体の内側に食い入り、柔らかいところを傷つけていく。動き出さなければいけないのに、痛みが邪魔をして、立ち上がることすらかなわない。

ほんの数歩先の師匠の部屋は、まるで何千キロもの彼方であった。

「…………」

そもそも、会うべきではないのだろう。

閉じこもっている権利が、師匠にはある。あれだけの努力を払い、あれだけの心を砕き、そのすべてが無になったに等しい人間が、衝撃を受けて引きこもっていたところで、誰が責められるだろう。むしろ、本人が立ち直れるまでそっとしてあげる方が、よほど正しい行為ではなかろうか。

自分だって、こんな廊下で座っていて何になる。

それは、単なる依存だろう。師匠のことを考えるなら、立ち直れたときのために、少しでも状況を進めておくべきだ。フラットもスヴィンもライネスもそうしている。彼らのようには働けないとしても、一助ぐらいにはなるかもしれない。

「……だけど」

と、唇が零していた。

理屈はそうだとしても、どうしても納得できなかった。

最後に見た師匠の顔が、いかに他人を拒絶していたとしても、どうしても自分はほうっておくことができなかった。

「だけど、拙は」

声が、震えてしまう。

座り込んだ足は萎えて、でも、もう座り込んでいる方が恐ろしい。

ずっと向かい合っていた扉を見つめ、よろよろと立ち上がった。勇気は出ない。そんなものはない。ないままでいいから、今だけは動いてほしいと自分の身体に願った。

一歩だけ、前に進めた。

もう一歩。もう一歩と、祈るようにして近づく。

心臓が痛い。

だって、こんなのは怖い。もしも拒絶されたらと思うと、死んでしまいそうだ。それでも、手は動いて、扉をノックした。

返事はなかったけれど、入るなとも言われなかった。

「……よろしい、ですか」

執務室の扉のノブを、ぐるりと回した。

*

天井が、高かった。

いいや、これはほとんど空ではあるまいか。

見渡す限りを覆う天蓋は、不可思議な色合いの光を、さまざまに放っている。

その光にしろ、色にしろ、さらには空気に瑞々しさまで感じられるのは、おそらくこの地底に残った神秘ゆえだろう。いや、あの蒼崎橙子が言っていたように、現実での座標が不定なのなら、ここを地底と呼ぶのが正しいかは微妙なところだが。はるかな古代、地底が冥府だった時代も考えるなら、ある種の異界と考えてしまった方が分かりやすいかもしれない。

霊墓アルビオン。

時計塔の地下の、さらに地下。

数百メートルどころか、数十キロも潜った先の、物理的にはありえぬ世界。

（……にしても、地底の空、か）

あの傍若無人な王に付き合ってすら、こんな光景を見ることはなかった。もしも、こんな記憶を持って帰れたら、ひとつ自慢できることが増えるのに。

（……あの、王を裏切ったクソどもに交ざって？）

胸に、黒い炎が、ごおと燃えさかった。

冗談じゃない。

自分でも制御できない、膨大な量の感情だった。同じだけの熱に突き動かされて、かつて彼女は世界を征服しようとしたのだった。今はその情報量が、かつての同志への憎しみとすりかわっていた。

この世界に召喚され、同じ王に仕えた仲間たちが、王の後継者となるべく無残に殺しあったのだと知ってからだ。

後継者戦争《ディアドコイ》。

もちろん、王の書記官であるエウメネスなど、フェイカーと相性が悪いものはいた。しかし、王母オリュンピアスも並み居る大将軍も、皆がそろって血で血を洗う戦いを続けるほど愚かだと、どうして考えるだろうか。

たとえ、そのきっかけが「強い者が統治すべし」などとふざけた遺言を残した王本人によるものだとしても。

声がかかった。

「……どうかしましたか、フェイカー」

「気にするな、マスター。ちょっと物思いにふけっただけだ」

ひらひらと片手を振って、フェイカーが視線を下ろした。

ちょうど、休憩していたところだった。すでに時計塔の監視が入ってるかもしれないから、採掘都市には入らず、ハートレスの指示のまま移動してきたのである。

片手に持っていたスキットルの蓋を開き、一口呷《あお》る。

手の甲で唇を拭き、ほう、と息をついた。

「いい酒だ。神がここにおわすという気分になる」

「あなたの神は、実に気前がいいですね」

ハートレスの言葉に、フェイカーは唇を綻ばせた。

「もちろんだとも。混乱も混沌も、神がおぼしめす恩寵《おんちょう》だ。人の理性はこの世界のすべてにはどうやっても届かないんだから、唯一酩酊だけが救いになる」

「……なるほど。神代の魔術師であるあなたの口から聞かされると、神妙な気持ちになります」

「やめておけ。魔術の式だけなら、現代も大きくひけをとるものじゃない」

「ですから、肝はそれ以外のところにあるのでしょう。あなたが、あの冠位人形師にさえ、脆《よわ》いと言ったように」

「もちろんそうだ」

と、フェイカーは認める。

「しかし、同時に感心させられたとも。現代の魔術はなるほど段階というより、ひとつ次元が違うほどに劣っている。それでも私たちに食らいついてくるのは、別のところに執念を燃やしているからだ。こと、あのアオザキとやらは、まだどれだけの手を隠し持ってるかすら想像できん」

「……そうでしょうね」

と、ハートレスもうなずいた。

最後に彼女が使おうとした集合投射型の使い魔もそうだが、まるで底が見えない。突然日本などという僻地《へきち》からやってきて、冠位《グランド》をもぎ取った才覚もさることながら、より恐るべきは神代の魔術師を敵に回して、一歩も退かぬその精神性だ。

「だからこそ、もっと聞きたいことはありましたが、彼女が新たな隠し球を出し切る前に離れられて、幸運だったかもしれません」

「まったくだ。こちらの目的はあんなのを撃退することじゃない」

ふんと鼻を鳴らして、もう一口、酒を呷った。

「後は、大迷宮とやらを期日までに、必要階数突破しておくだけなんだろう？」

「その通りです。しかし、予定より魔力の無駄遣いをさせてしまいました」

ハートレスは、恐縮そうに視線を落とす。

不思議なマスターだと思う。

丁寧な口調の底に、魔術師特有の高慢さが滲んでいるくせに、ふとしたところで少年のような純真さを垣間見せる。彼女が仕えていた王とも、信頼していた兄ともまるで違う。だからこそ、こうして現界した今、一時の忠誠を誓うのは悪くなかった。

もちろん、この魂は王とともにある。

しかし、ごく一時的にならこの男の言葉に従ってやってもよい……そう思える程度には、彼女の興味を惹くパートナーだった。かつての軍勢にはいなかったタイプ。

だから、珍しくねぎらうような言葉をかけてしまった。

「それこそ、苦しいのはお前だろう。なにしろ、私は大聖杯からの補助を最低限しか受けていない。貯蔵は十分か？」

「それなりには、貯めてきましたけれど」

「だったら、重畳」

小さく、フェイカーはうなずいた。

「これからが、私たちの戦いだろう？」

言って、目の前のそれを見上げる。

もつれ合った大樹が、門めいた形に捻れていた。

霊墓アルビオンの中で、いくつもある大魔術回路の入り口のひとつが、それなのだという。ああ、正直に告白すれば、愉快でたまらなかった。

あの王でさえ来られなかった、もうひとつの世界の果てに、今立っている。

その事実が、酒の味わい以上に、彼女の心を沸き立たせた。

「目標は何層だっけ？」

「大魔術回路百七十五層。いくつか大きなショートカットはありますが、アルビオンの内部は常に変化しています。比較的安定したショートカットについても、以前の通りである可能性はかなり低いでしょう」

「いいね。それぐらいじゃなければやる気にならない。それこそ、現代の魔術師たちでも挑むわけだろう？」

「一応言っておきますが、現代の魔術師が霊墓アルビオンに挑む場合、正面から戦う怪物は生息種類のせいぜい二割ほどです。残りはそもそも相手になりません。彼らは迷宮を探索して、貴重な呪体を発掘することに特化しているのであって、怪物と戦うことが仕事ではないからです。そのうえで、生け捕りなどの罠を仕掛けることはありますけどね」

「おお、ちゃんと私たちじゃなくて、彼らと言ったな」

フェイカーは上機嫌にうなずいた。

自分たちは、現代の魔術師のように動く必要がないのだと、ハートレスが言外に匂わせたことを評価したのである。

「上等だ」

愉しげに、フェイカーは歯を剥いた。

「さあ、霊墓アルビオンとやらを侵略するぞ、マスター！」

3

扉に、鍵はかかっていなかった。

執務室の奥で、師匠はソファに深く腰掛けていた。

突然、何十歳も歳を取ってしまったかのようだった。たとえ死病に取り憑かれてもこうはなるまい。師匠を師匠たらしめていた精髄《エッセンス》が根こそぎ奪われてしまったかにも見えた。

腰掛けたまま、ずっと動かない。

たまに窓の外へ視線をやり、復興工事の進行を見やる程度だ。

「……師匠」

返事は、ない。

きっとそうだろうと思っていた。

だから、諦めずに、自分は待っていた。いつかも同じことをした。この人が動けず、喋り出せないのであれば、せめて自分だけはそのときが来るまで待っていたかった。たとえこの世の果てが来るのだとしても、こうして待っていながら、突然世界が消えてしまうとしても、それでいいと思えた。

あのときのロード・ユリフィス——ルフレウスの言葉通りなら、冠位決議《グランド・ロール》が始まるまで、もう一日しかない。

もしも、このままその時間が来たらどうなるのだろう。

エルメロイ派が、解体の憂き目にあったりするのだろうか。いいや、そもそもハートレスが目的を達成したなら、時計塔はどうなってしまうのだろう。ライネスの言葉通りなら、彼は己の動機をつまらないことと形容したらしい。だけど、些細な動機が大いなる結果につながらないと誰が言えるだろう。

まして、規格外《エクストラクラス》のサーヴァントを呼び出し、霊墓アルビオンに挑もうとするかつての学部長が何を引き起こすか、誰に予想できるというのだろう。

じわじわと、心臓を柔らかく摑まれているみたいだ。

いてもたってもいられなくて、だけど、今だけは待っていたかった。

この人が何かを発しようという気持ちになるまでは、どれだけでも待っていよう。たとえ、結果としてこの心臓が破けても、足が萎えて立ち上がれなくなったとしても、それだけのものをこの人からもらったのだから。

太陽が、だいぶ傾いた頃だった。

「……最初のホワイダニットは、あの工房に着く前から辿り着いていた」

と、師匠が囁いた。

ソファの肘掛けを指先で撫でながら、まるで壊れたレコーダーみたいに、抑揚のない声音で呟いていた。

「ハートレスは、あくまで秘密裏にこの事件を進めたいということだ」

「え？　でも、秘密裏といっても――」

道理が合わないのではないか。そもそも、ハートレスの弟子が死亡した事件は、法政科に把握され、師匠の耳にも伝わっている。

「弟子の死亡事件と、たてつづけのスラー襲撃までのことだよ。魔眼蒐集列車《レール・ツェッペリン》では派手にやったが、おそらく例外はあれだけだ。ああ、あのときは本気で私たちを殺すつもりだったんだろう。あの事件を除くと、ほかの弟子が失踪した件にせよ、以前のイゼルマでの闇オークション関与にせよ、魔眼蒐集列車《レール・ツェッペリン》で明らかになった第四次聖杯戦争の監視の件にせよ、ドクター・ハートレスの行動は極めて静かなものだ。神秘は秘匿するべきという魔術師の本能ゆえかとも思っていたが、だとしても、あれほどのサーヴァントを召喚しておいて、その後がいささか静かすぎる」

師匠の言葉は、内容だけ見れば、いつもと変わらぬそつのなさだ。

ただ、その内側から、本来の知性に基づく洞察力や、丁寧さは感じられない。虚脱しきり、それでいて緊張を完全にほどくこともできない――矛盾した要素が師匠の中でもつれ、停滞し、結果として、先に出していた演算の答えだけを再生しているのだ。

それでも、やっと零れ出た台詞にすがりつくように、尋ねる。

「……それは、どういうことですか？」

「それだけ、魔術世界に影響の大きいことをやらかそうとしているのだろう。もし、知られれば、時計塔の派閥がまるまる止めにかかるぐらいのね。でなければ、たいていのことは、従えたサーヴァントで吹き飛ばすだけでいい。現代で、英霊に敵う者などほぼ存在しないのだから」

「…………」

魔眼蒐集列車《レール・ツェッペリン》での、彼女との戦いを思い出して身震いする。英霊に敵う者などほぼ存在しない――その言葉が真実だと、嫌という程思い知らされたからだ。

そして、スヴィンとライネス、さらにはあの蒼崎橙子が束になってすら止めることは叶わなかった。

だったら、自分たちにできることなど、何が残っているだろう。

少しだけ考えて、尋ねてみた。

「……逆に、時計塔なら、サーヴァントを止められるんですか」

「それは盤面が変わってしまうな、レディ」

と、師匠はかすかに目を細めた。

「たとえば、フェイカーは神代の魔術師であり、イスカンダルが使っていた戦車の宝具を彼女なりの方法で使いこなす。これが無限に使えるという条件付きなら、時計塔の魔術師が多勢でかかっても、彼女を止めることは困難だろう」

「条件付きなら？」

「宝具を発動するほどの魔力を、無限に湧出することが不可能だからだ」

「……あ」

至極当たり前の事実を指摘され、自分は間抜けにぽかんと口を開く。

「まして、聖杯戦争のルールに従うなら、サーヴァントにはマスターという泣き所がある。これをずっと守りながら時計塔と戦うのは極めて難しいだろう。奇襲の一度か二度は成功させられるかもしれないが、そこまでだ。神代の魔術師として神秘では勝るかもしれないが、一度でも防御態勢を取らせてしまえば、やりようはいくらもある。この場合、やりようというのを、人間の悪意と呼び換えてもいいかもしれないがね」

そこまで言って、師匠は自らの口元に触れる。

かすかに、眉間の皺が深くなっていた。とっくに結論の出た推理を再生するだけでも、何かしら思うところはあったのだろうか。

「なのに、ここでハートレスは札を切った」

視線が、窓の外へと向く。

今度は、旧校舎の方角だった。

「現代魔術科に少々の事件があっても、時計塔が動くことはないと見たのかもしれない。実際、今回の件をほかの科もとうに嗅ぎつけてるだろうが、とりあえずは窺ってきそうな様子がないからな。だが、宝具まで使ったとなれば、もっと重大な意味があったことになる」

ライネスから聞いた話だと、スヴィンもハートレスの行動について、似た推理をしていたらしい。

師弟で同じ世界を共有しているということだろう。いつも頭が追いつかない自分には、そのことが羨ましかった。

「つまり、霊墓アルビオンこそが、彼らの最終地点だったからだ。切り札を切ったことで、時計塔の注意を惹いてももはや問題ない。あそこの採掘都市を越えてしまえば、もう時計塔ですら手が及ばない」

「…………」

最終地点。

彼らは、いち早くゴール地点に乗り込んだ。探偵も誰も追いつけない場所へと。彼らの答えがある場所へと。それはつまり、すでに勝利していることにほかならない。

自分たちには何も分からないうちに、事態は終局へと差し掛かっている。

だけど、それはいつ、どんな形で？

そこまで話したところで、師匠は再びソファにもたれかかった。工房に辿り着くまでの結論を喋り終わったからか。今の言葉はけして師匠が気力を取り戻したからではなく、吐き出し損ねていた異物を、その場に吐き出しただけなのだと、そんな風に思った。

悲しくはなかったが、どうしても冷たい気持ちは残った。

祈りたかった。

この人は、こんなにも戦ってきたのだから。

魔術師だから、普通の人が言う意味では神を信じてないかもしれないけれど、ひとつぐらい、何か奇跡が起きたっていいじゃないか。そう、善い奇跡があったって。

何かしら、祈りの文句を思い出そうとしていたところで、自分は振り返った。

扉に、ノックがあったのだ。

のろのろとそちらを向いた師匠は、来客を拒むこともしなかった。

「大丈夫かな、エルメロイⅡ世」

現れたのは、困ったように眉根を寄せたシャルダン翁であった。

「……いかがなさいましたか、シャルダン翁」

「いやあ、さっき窓から、君の内弟子が部屋にいるらしいのが見えてしまってね」

頭を下げて、老人は愛想笑いをした。

「うん、そのだね。一応、工事は順調に進んでいる。君に指示された通り、ノーリッジ卿に援助をお願いしたが、快く受けてくれたよ。壊れた旧学舎も、ずっと使ってなかった代物だしな。……地下については、人目に触れんよう結界を張りつつ、信用できる人物に塞がせている。といっても、今見る分には単なる地面なんだがね」

「ご配慮、痛み入ります」

頭を下げた師匠の、言葉面だけはいつもと同じだが、抑揚のなさもまた先程と変わっていない。

それでも、ずっと内側に張り詰めていた何かは、少しだけ和らいでいた。

ゆっくり師匠の顔を見つめて、

「……良かった」

と、口にしたのはシャルダン翁の方だった。

「何の、ことです？」

「君の内弟子を、君が入れてくれたことだよ。でなければ、僕もこうして立ち入ることはかなわなかっただろう。……うん、実際僕は、この部屋にはもう誰も入れないんじゃないかと思っていた。だけど、彼女だけは君は拒まなかった。そういう関係を君が育めたことに、僕は感謝している」

「……そんな」

自分が、そんな大それた存在だとは到底思えない。

だけど、老講師の穏やかな言葉は、すうと胃の腑に落ちるようだった。優しく溶けて、泣きたくなってしまいそうになる。

だって、それもきっと、師匠がこれまで培ってきた関係性のゆえだろうから。

「……うん、うん」

何度か、うなずいてから、

「だから、これも渡しておこう」

シャルダン翁が、机にしっかりしたつくりのダレスバッグを置く。

　わざとゆっくりした動作で、その内側から至極薄い封筒を取り出した。

「今朝、これが、君あてで届いていた」

「手紙？」

　のろのろと視線を動かした師匠につられて、こちらも首を回すと、封蠟の押された裏面に、名が書かれていた。

　あっ、と声をあげそうになった。

「……アトラム・ガリアスタ」

　師匠の代わりに第五次聖杯戦争に参加し、すでに敗北して亡くなったはずの、魔術師の名前であった。

＊

「師匠……」

　シャルダン翁が部屋を離れた後、自分は師匠に促されて、手紙を開けていた。

　中身は、銀色の円盤だった。

　もちろん記録媒体《コンパクトディスク》であるぐらいは、自分にも分かる。

「コンピュータウィルスは仕掛けられてないようだが」

　執務室のノートパソコンを使って、師匠が中身を確かめる。たまに、ほかの学科の事務員などに見られては眉をひそめられるので、棚の中にいれてある代物だった。

「……名前を偽って、何か罠があったりはしないでしょうか」

つい、つまらないことを言ってしまった。

だって、こんなタイミングで、アトラムの名前が出てくるのはあまりに意外すぎる。時計塔に幾重も張り巡らされた罠を疑ってしまうのは、仕方ないと思う。

顔をしかめて、師匠が答える。

「私も、別にコンピュータの専門家じゃない。さっきのウィルスチェックだって、最低限アンチウィルスソフトを走らせたというだけだ。一定以上巧妙な仕掛けだったら、私なんかには分からないとも」

「パソコンに、呪いを仕掛けるような魔術はないんですか？」

「一部の現代魔術では研究中のようだがね。私が知る限りでは、完成の域には遠い。まあ、アトラムは変わった魔術や礼装を蒐集《しゅうしゅう》するのが好きだったから、そういう方面にも手を出していたかもしれないが」

しばし悩んでから、思い切ってクリックすると、ぱっと画面に人の姿が映った。

自分にも見覚えのある、褐色の肌の青年だった。

「ビデオレターとは」

と、師匠が唸った。

もちろん、アトラム・ガリアスタであった。

あの双貌塔イゼルマで師匠やフラットたちと戦い、数日前極東の地の聖杯戦争で敗死したはずの魔術師。

まさか、その顔と、デジタル画面で再びまみえることがあろうとは。

『おい、もう撮れてるのか、これは』

画面の内側から、こちらを指さして、アトラムが言う。

その声にも、自分はびっくりしてしまった。

思わず師匠の服の袖を摑んでしまって、優しく手の甲を撫でられた。

最後に会って言葉を交わしたのは、一ヶ月ほど前だったろうか。何から何まで変わらず、画面の中のアトラムは自嘲気味に笑って、肩をすくめた。

指を組んで、改めて彼が言う。

『ふむ。ならいい。……さて、君がこれを観ているということは、残念ながら、僕は第五次聖杯戦争で敗北したということだね。ははは、ざまはない。ロード・エルメロイの轍は踏まないと言っておきながら敗退とは』

こんなビデオレターを撮影しているということは、まだ敗北は決定してない頃だろう。なのに、自嘲の口調にはけして無視できない真実味がこもっていた。ということは、アトラムなりに、聖杯戦争について思うところがあったのだろうか。……それはたとえば、自らの敗北を予想させるような。

いずれにせよ、画面の中のアトラムはこちらを見据え、言葉を続ける。

『ああ、もちろん最後までベストを尽くすとも。なにしろ投資した額が違う。そう、君は言っていたね。聖杯戦争を舐めない方がいいと。私にもその意味が分かってきたし、敗着を取り戻す準備もした。ここからは、より綿密に備えをして、取り掛かるつもりだとも。……しかし、いささか状況が難しくなったことは間違いない。まず、あの信頼に値しないサーヴァントとの契約を……』

　難しい顔になって、ひとつ咳払いした。

『余計なことを言ったね』

　ひどくつまらなそうに、唇を歪める。

『いずれにせよ、僕が敗北した場合、この手紙を含む多くの知らせが、必要な相手へ届くようになっている。これは当然の義務だ。不手際を起こした場合、たとえ己の死後であろうと、きちんと始末をつけることも貴族としての役目だからね』

　なんとなく、その理屈は分かった。

　けして褒められた人格ではなかったが、アトラム・ガリアスタという人物の精神性は、魔術師として、また貴族として完成されていた。当然の義務という言葉には、何の嘘もなかった。心底そう思っているからこそ、このようなビデオレターも用意する。彼にしてみれば、やっておかない方が不思議な事柄なのだろう。

　そこで、アトラムは一拍おいた。

　こちらを、なんとも言えぬ表情で見つめ、言葉を続けた。

『あのイゼルマで、君との戦いはそれなりに楽しかった。これも貴族として、当然礼を出すべきだろう』

そう言って、隣に視線をやったのだ。

『受け取ってほしい。せめてもの礼だ。ほかの君主《ロード》ならともかく、世界最低の君主《ロード》である君になら、少しぐらいは役立つだろう』

画面の中で、従者らしき女が差し出したのは、さきほど自分たちがこの記録媒体《コンパクトディスク》を取り出した封筒であった。

『そうそう。万が一、僕が勝利したのにこの手紙が君の手に渡っていたときは覚悟したまえ。全霊全力で消滅させるぞ』

最後の強がりが、あまりにも彼らしかった。

ぷつりと途切れた映像を前に、自分も師匠も硬直してしまっていた。

アトラムの台詞ゆえではない。いや、もちろんそれもあるのだが、最後に映っていた行動のためだ。

もう一度、封筒を取り出して、ためつすがめつ師匠が観察する。

「『強化』の要領で、魔力を通すだけか？」

そう言って、魔力を通すと、はたして裏側に文字が浮かび上がったのである。

「……これは？」

「…………」

すぐには師匠も言葉を返せなかった。

やがて、呻くように、

「聖杯戦争では、使いようがないと考えたのだろう。確かにそうだ。聖杯戦争では使いようはない。しかし……」

そこで、一瞬言葉が途切れる。

「……しかし、なぜ、私に、こんなものを？」

虚ろな声の底に、何かが揺れていた。

さきほどまでの師匠からは、失われていたものだった。

その正体が露わとなるより先に、もう一度部屋にノックが響いた。

「シャルダン翁」

申し訳なさそうに、老爺が頭を下げていた。

「や。その。あんなことを言っておいて何だが、また来客があった。ほかならこちらで受けておくところなのだが、先方が君以外では話にならないと言ってね……」

「どうかなさいましたの？」

鈴の音が鳴るよう、とは陳腐な比喩だが、まさにこの声だった。

蒼いドレスを身に纏い、黄金そのものを梳《くしけず》ったごとき、長い髪を押さえた少女。

ルヴィアゼリッタ・エーデルフェルトは、さきほどのアトラムにも倍する高慢な目つきで、こちらを見据えていた。

＊

「……驚いたよ」

と、師匠はティーカップを片手に言った。

ルヴィアが、当然とばかりに、自らの従僕に紅茶を用意させたのだった。クラウンとかいう名前の、モヒカンの第二従僕によるものである。彼を見るのもずいぶんと久しぶりだった。さすがにルヴィアが持ってこさせた茶葉は、香り高さから別格で、目が覚めるようだった。

自分も、同じ紅茶をいただいてしまっている。

師匠と同じソファで、隣に座らせてもらっているのだった。もっとも、ルヴィアと師匠――向かい合うふたりを見やって、おろおろするばかりだ。シャルダン翁もルヴィアを案内してすぐ、忙しそうに姿を消してしまったので、助け船は遥か彼方である。

ゆっくり、ティーカップを傾け、一口飲み込んでから師匠が続ける。

「ここしばらくは、聴講にも来てなかったと思ったのだが、ずいぶん突然だな」

「ええ、一時ならまだしも、数年きちんと住所を移そうと思うと、あれこれ準備しなければなりませんから」

さっきのアトラムと、どこか似た言葉であった。

人の上に立つものだからこそ、あらゆることに準備をしておくのが当然。彼らはそう考えている。たとえ、己が死んだ後のことであっても、抜かりがあってはならないと。

それは、通常の魔術師とはいささか異なる考え方かもしれないが、彼らの芯にまで染み付いた信念であることは確かだった。

自らも紅茶を口にしつつ、ルヴィアが言う。

「ノーリッジ寮に部屋を借りるつもりですが、その視察です。ひとまず最上階を全部借り受けようかと」

それは部屋を借りるのとはだいぶ趣が違うのではないか、と口を挟みそうになったが、すんでのところで堪える。

ずいぶん久しぶりに、彼女のそんな発言を聞いた気がした。

つい、とルヴィアが窓の外へ視線を向ける。

「騒がしいことになってましたわね」

と、口にした。

もちろん、スラーに起きた出来事については、もうある程度調べた後なのだろう。根掘り葉掘りこちらに訊いたりすることはせず、ただ用件をひとつずつ並べていく。

たとえば、こんな風に。

「冠位決議《グランド・ロール》のことは、私《わたくし》の耳にも入ってきました」

一瞬、師匠の反応が遅れた。

「……さすがは、エーデルフェルトだな」

「あだ名の方で呼びたくなったんじゃありませんこと？　地上で最も優美な狩人と」

「ご想像にお任せしよう」

苦笑交じりの師匠に満足したのか、ルヴィアはどこか物憂げに、詩の一節でも口ずさむように話した。

「もちろん、エーデルフェルトは誰はばかることない名家ですが、時計塔の貴族たちとはほとんど関係していませんわ。民主主義に属してはいても、誰に何を強制されるものでもありませんわ。魔術協会がばらまいてる階位にしても、さほど重要とは思ってませんが、あの会議が魔術世界を左右することは間違いないでしょう」

彼女の言葉は、自分の胸に強い印象を与えた。

今のは、時計塔だけが魔術の世界ではないと言われたみたいで、ひどく意外な心持ちがしたからだ。

「ただ、今回については少し不審な点がありますわね」

と、少女は付け加えた。

紅茶の水面から立ち上る湯気が、長い睫毛をつつましく隠す。

「不審な点？　なんのことだ」

「だって、冠位決議《グランド・ロール》を民主主義から提案するなんて、筋が通りません。なぜなら、こと冠《グラ》位決議《ンド・ロール》においては、時計塔の民主主義派は決め手に欠けている……そうでしょう？」

当然のことを確認する、といった口調で、少女が問う。

　すると、

「……その通りだ」

　と、師匠が渋々認めたのだ。

　ふたりを交互に見やって、自分は目を見張っていた。

　確かに、この少女には女王の気位があると思っていた。優れた魔術師たちの中でもなお特別なわずかの人間だけが持つ、支配者の資質。

　しかし、冠位決議《グランド・ロール》の事情についてまで知悉《ちしつ》しているとは。

「……あの、それってどういうことなんですか？　冠位決議《グランド・ロール》だと、民主主義が決め手に欠ける？」

　おずおずと尋ねた自分に、ルヴィアは一瞬瞳を動かしてから、師匠へ向かって優美にうなずいた。多分、かまわないから説明してあげなさい、という意味だろうか。

　それを受けてか、師匠がゆっくりと言葉を紡いだ。

「まず前提として、冠位決議《グランド・ロール》においては、貴族主義が全力を尽くすと決定した場合、民主主義単体では相手にならない」

「そう、なんですか？」

　意外な言葉に、瞬きしてしまった。

　だって、そのふたつが拮抗してるからこそ、時計塔ではさまざまな陰謀が繰り広げられているのではなかったか？

「誤解しないでほしい。民主主義派が大きく貴族主義に劣るわけじゃない。金融や報道など、表の権力の取り合いなら、ある意味民主主義派は貴族主義を上回る。だが、古く時計塔を支えてきた十二家のみが票を持つ冠位決議《グランド・ロール》においては、性質上貴族主義が有利というだけだ」

性質の違い。

民主主義が、新世代《ニューエイジ》の魔術師も取り込み、さらに先へ至ろうとしているのは、ロード・トランベリオの話でも分かった。

逆にいえば、新興勢力である以上、伝統的な冠位決議《グランド・ロール》では一歩劣るということか。

「たとえば、貴族主義トップのバルトメロイが動けば、事実上彼らの傀儡である動物科《キメラ》のガイウスリンクも動く。さらに、同じ貴族主義である植物科《ユミナ》のアーシェロットもだ」

あまり耳慣れない名前を、師匠が並べ立てる。

ガイウスリンクに、アーシェロット。

確かに、ロンドンの時計塔本部では何度か聞いたことがあるのだが、きちんと自分の意識にはのぼっていなかった。あれもエルメロイやバルトメロイと同じような、十二家の名前だったのか。

「以上に、降霊科《ユリフィス》と天体科《アニムスフィア》を足して、貴族主義の票は五つ。一応貴族主義に入るエルメロイ派《うち》を足すと六つだ。実に十二家の半分が貴族主義なんだ。対して、はっきり民主主義といえるのは、全体基礎のトランベリオに、創造科のバリュエレータだけ。ほら、全面戦争になると負ける道理がない」

「……本当、ですね」

六対二。

なんだか、今まで考え込んでいたのが馬鹿みたいに思えてくる。

「ただし」

と、師匠は言葉を添える。

「ただし、問題はそこまで簡単にならない。貴族主義といっても――あるいは長い歴史を持つ貴族主義だからこそ一枚岩ではないからだ」

紅茶を片手に、講釈が続く。

「とりわけ、アーシェロットはこの典型例でね。貴族主義ではあるが、メディアへの傾倒が強く、先代までは軍需産業にも手を出していた。つまるところ、参加する人数を増やせば、誰が裏切るか分かったものじゃない、というのが貴族主義の最大の弱みだ」

「……そういう、ものなんですか」

民主主義にしても、必ずしもトランベリオとバリュエレータが一致団結していたようには見えなかったが、貴族主義はそれどころではない、ということだろうか。

「また、バルトメロイもここぞというとき以外は動かない。動けば、それだけで時計塔への影響が甚大になるからだ。かつ、もともとの権威が絶対的なだけに、動く場合は負けられない。それだけの権威があって負けてしまえば、たちまち与しやすい末端から食いつかれるからだ。バルトメロイの本家や直属の分家はその程度でどうということもないが、巨体であるだけに末端への影響は免れがたい。

これに、流動的な中立主義派を足せば、貴族主義派は絶対的であるが、必勝できる態勢ではない……という時計塔の現状になるわけだ」

「絶対的であるけど、必勝できるわけじゃない……」

なるほど、そのように整理されると、ようやっと情景が浮かんでくる。

まとまれば無敵の貴族主義だが、そもそもまとめられるかどうかは、その場次第というわけだ。

「だから、おおよその冠位決議《グランド・ロール》では、バルトメロイは直接介入することを望まない。下々の者が勝手に争っているだけ、という態度と立場を崩さないわけだ。これならいくら勝とうが負けようが、バルトメロイの威信が崩れることはないからな」

「そういうことですわね」

と、ルヴィアも首肯した。

自分は説明を呑み込むのでいっぱいいっぱいなのだが、このふたりにしてみれば、前提も前提のことらしい。なんだか名人《グランドマスター》同士のチェスの解説をされた気分なのだけど、おそらく彼らにはコマの動かし方程度の初歩なのだろう。

第二従僕であるクラウンが出していた焼き菓子をひとつ取って、その味わいをしばし堪

能してから、

「だから、民主主義であるトランベリオがこの冠位決議《グランド・ロール》を仕掛けたのなら、何がしか裏がある。そういう話を聞きに来たつもりだったのですけどね」

　ルヴィアが眼差しを上げた。

指導役《チューター》と生徒の関係というより、これもまた対等な魔術師同士の交流だったろう。たとえ、エルメロイ教室に入室することを決めたとはいえ——いや、むしろだからこそ、彼女はいつも師匠を値踏みしているような節があった。

「それに、あなたにはもうひとつ事情があるでしょう？」

「何のことだね？」

　眉をひそめた師匠を見つめ、ルヴィアはことさらゆっくりと切り出した。

「聖杯戦争が始まったら、一ヶ月はかかりませんわね」

「君も、そんなことを」

　噂話で詮索するのは感心しないとばかりに、一応咎《とが》めようとした師匠が、次の一言で沈黙したのである。

「エーデルフェルトも、第三次聖杯戦争には参加していましたから」

「…………っ！」

　よもや、この少女の口からそのような発言が出てくるとは。

第三次聖杯戦争。

師匠が参加していたという第四次聖杯戦争より、もうひとつ前の戦い。ならば、参加したのは彼女の祖母の代だろうか。

見つめ返す師匠の視線に、ルヴィアは優美そのものの微笑を返した。

「あら。ご存知じゃなかったのですか？」

「……君について、ある程度、調べたつもりではいたが」

言った師匠に、ルヴィアは小さくうなずく。

「そうですね。意外と時計塔側からは分かりにくいかもしれません。エーデルフェルトは第三次聖杯戦争で勝ちきれなかったことを不名誉に思って、表向きにしないようにしていましたから。ええ、そのほかにもいささかの不祥事がありましたし」

澄ました顔で言った。

ルヴィアがいかに強大な魔術師かは、以前の事件で身にしみていた。だとすれば、彼女の先祖も同じだろう。そんなエーデルフェルト家でも勝ち抜けなかったというだけで、聖杯戦争の恐ろしさの一端が窺えた気もした。

彼女は、静かに師匠を見据えていた。

（……ひょっとして）

ひょっとして、と思った。

初めて彼女と会ったときから、師匠への当たりは妙にきつかった。てっきりそういう気性なのだと思っていたが、ひょっとしたらあれは、過去の聖杯戦争で敗北した者の子孫から、最新の聖杯戦争で生き残った人間への複雑な感情ゆえではなかったろうか。

　少し楽しげに、ルヴィアは瞼を閉じる。

「エーデルフェルトは特殊な方法を使い、ふたりで参加しましたが、ついに片方しか戻ってこられませんでした。ですが、あなたはひとりで参加し、無事に帰ってきた。ええ、私《わたくし》の指導役《チューター》ならば、かつての私《わたくし》の家ができなかったことを成し遂げる。それぐらいでなければなりませんわ」

「指導役《チューター》というのは、諦めてなかったのか」

「これまで、何かを諦めたことなどなかったので、諦め方がわかりません」

　本気なのか嘯いてるのかも分からない言葉を口にしつつ、ルヴィアは近くのバッグを引き寄せた。

　内側から、そっ、と小さな箱を差し出したのだ。

瀟洒《しょうしゃ》な、宝石で飾られた箱だった。何らかの魔力が働いているのか、宝石のひとつひとつが不思議な輝きを秘めている。単純な高級品、などというものでないことだけは、自分の目にも明らかだった。

「こちらは、授業料と思ってくださいませ」

「現代魔術科では、講師個人への授業料はなるべく受け取らないようにしてるのだが」

「今回は例外になるはずですわ。ご覧ください」

　促したルヴィアに、一瞬躊躇《ためら》ってから、師匠は箱を開けた。

「…………っ?!」

そして、硬直し、大きく目を剥いたのだ。

「君は、なぜこんな」

「私《わたくし》はルヴィアゼリッタ・エーデルフェルトですわ。事情はこれで十分でしょう。どのようにお使いになるかはお任せします。もちろん、指導役《チューター》としてのあなたにも期待しております」

颯爽と、ルヴィアが立ち上がる。

「あなたは以前、エーデルフェルトの宝石魔術の本質は、価値を誇ることではなく、価値を流通させることだと仰いましたわね」

あの剥離城アドラで、師匠が助言したこと。

私《わたくし》の指導役《チューター》になりなさいと、彼女が言ったきっかけ。

今、ルヴィアは、はっきりとこう告げる。

「その通りです。この授業料によって、私《わたくし》は価値を流通させました。価値を受け止めたあなたの答えがどうなるか、見定めさせていただきます」

静かに、歩み去る。

振り向くことはしなかった。最初から自分のやることは決めていて、それが終わったのだからもう用がないという——自分の時間を、自分より大事なものにすでに捧げているという、貴族の振る舞い。

時計塔からすれば、エーデルフェルトは外様に位置するはずなのだが、そんな彼女の方が、より貴族らしい精神性に達していることは、ある意味で皮肉っぽくも思えた。

ルヴィアに続いて、従僕であるクラウンが一礼して退出した後、自分と師匠だけが部屋に残された。

「……師匠」

「…………」

手にした宝石箱をテーブルに置き、師匠はいまだ強張ったままだった。

ソファに座ったまま、長く箱を見つめ、今度はアトラムの封筒を取り出した。箱の隣に置かれた封筒を、しばらく師匠は凝視していた。

やがて、掠れた声がテーブルを擦った。

「私、は」

ぽつぽつと、雨だれが落ちるように、喋り始める。

「私は、ハートレスを、止めるつもりに、なれなかった。私の悲願は、どうしようもなく彼と重なっていて、それが私の望んだ形そのものでないとしても、死力を尽くして止めるほどの理由をどうしても見つけられなかった」

一語ずつ、確認するように、師匠の言葉が紡がれる。

きっと、それこそがハートレスの狙いだ。敵を打ち倒すのではなく、敵で無くしてしまう。東洋の孫子に似た一節があっただろうか。

間違いなく、その策は師匠を捉えていた。

ライネスと生徒たちの無事を確かめた後、部屋に閉じこもってしまった師匠は、まさにその結果であった。

「なのに、こうだ」

宝石箱と封筒を見下ろしたまま、師匠が言う。

けして、起死回生の一手を喜ぶ目つきではない。むしろ、喉元に突きつけられた刃の切っ先や、死神の姿に怯えるそれだった。

「かつての、聖杯戦争でもそうだった」

掠れた声が、また絞り出される。

「私は、単なる幸運で、最悪な幸運だけで、あの戦いを生き残ってしまった。生き残りたくなんか、なかったのに」

指が、開く。

当たり前だが、その手の平には何もない。かつての戦いで、眼に映るものなど、師匠には何も残らなかったように。

「——生き残りたく、なかった？」

自分の質問に、乾いた唇が、ぎこちなく動く。

「命じられたんだ」

今にも泣き出しそうな顔で、師匠が言う。

「我が王が命じた。――生きろ、と。ああ、だから私はそうした！　どれだけ無様だろうが、どれだけ惨めだろうが、必死に生きあがいた！　世界を歩き！　この時計塔まで戻ってきて！　ああ、ああ！　そんな器ではないと分かっていながらエルメロイ教室を買い取り！　君主《ロード》などという身に余る鎖でつながれても！」

叫びは、執務室をびりびりと震わせた。

さして大声だったわけではない。ただ、声音にこもった感情が、そんな風に錯覚させるほど濃厚で切実だった。

慟哭、と言ってもいいだろう。

十年もの間、師匠をずっと苛んでいた葛藤の渦。十年を経て、ついに師匠という生贄を捕らえた悪魔の手。

「今、再び、ただの幸運から、選択肢を与えられてしまった」

「…………」

本当に、ただの幸運なのだろうか。

それだけのことで、師匠はここまで来てしまったというのか。

「立ち上がるべきだ……」

喘ぐみたいに、師匠は言う。

顔をくしゃくしゃにして、唇を楕円に歪め、精一杯己を鼓舞するように。

「立ち上がるべきだから、立ち上がらねばならない。ああ、きっとそうだ。今までそうしてきたんだから、きっと私はそうすべきだ。誰だってそう期待してるのだから、期待されるように立ち回ってしまったのだから、そうあるべきだ」

これまで、多くの魔術師から師匠は評価されてきた。

考えようによっては、恵まれていたとも言えるだろう。師匠以上に優れた魔術師たちから、信頼を寄せられ、あるいは敵視され、魔術世界に冠たる地位を築いてきたのだから。

でも。

(――でも、一体、誰がそれを望んだ?)

一度だって、この人はロード・エルメロイII世であることを望んだだろうか。一度だって、この人は時計塔の権力を握ることを願っただろうか。確かに、もとを辿っていけば、償いかもしれない。エルメロイ教室を引き継いだことだって、第四次聖杯戦争で犯してしまった罪からのなりゆきかもしれない。

だけど、今こうして、師匠が一切合切の苦悩や葛藤を押し込めたまま立ち上がらねばならないというのは、何かが違うのではないか。

ぴしゃん、と音がした。

……ああ。

自分が――自分の手が、師匠の顔に強く触れた音。

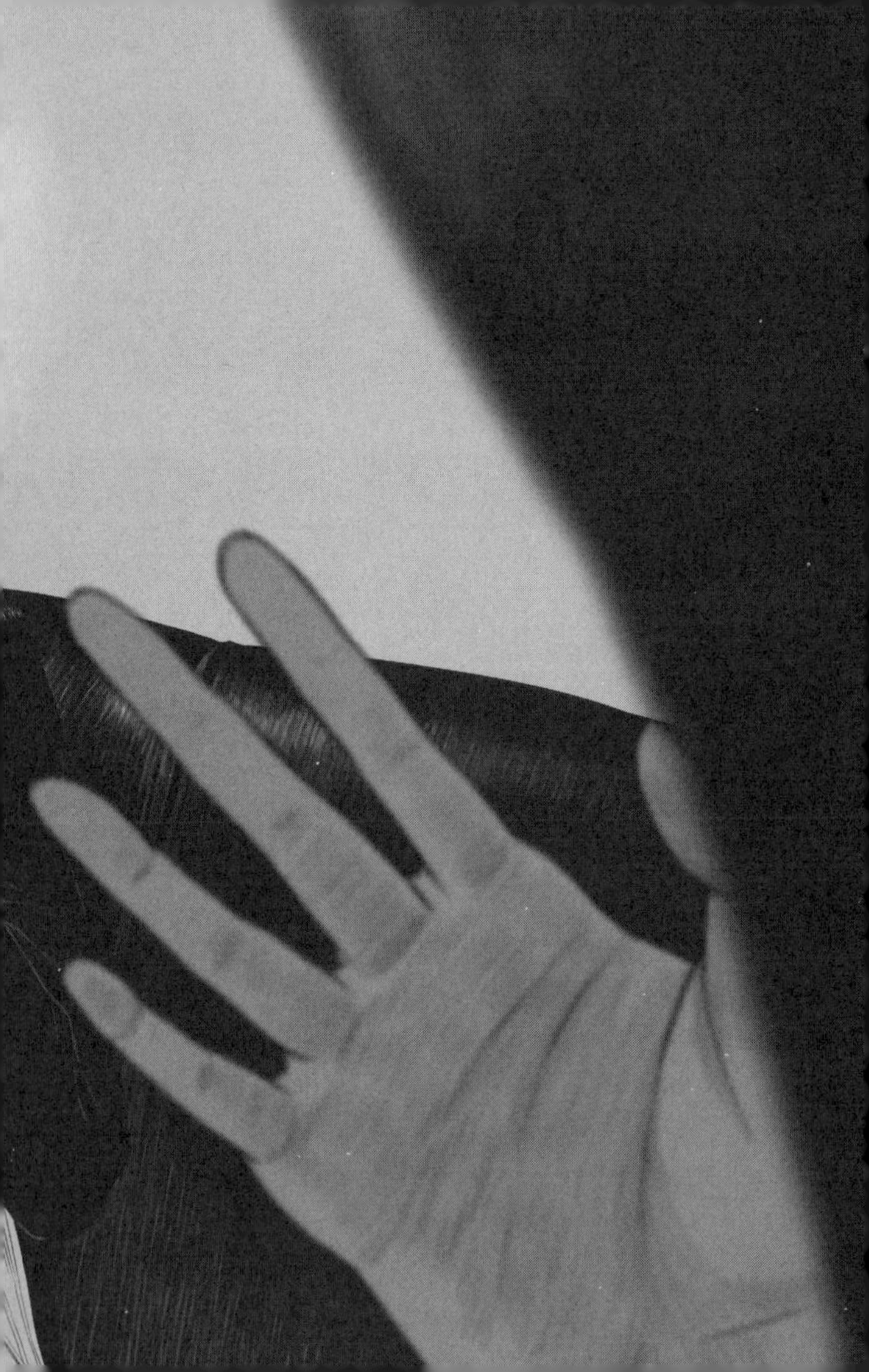

「そうするべきだからそうする、じゃないと思います」

　びっくりした顔で、師匠がこちらを見下ろしていた。師匠の頰を叩くなんて到底できなかったけれど、それでも少しぐらいの痛みはあっただろうか。切羽詰まってしまって、力の加減ができなかったように思う。今も、顔も手も熱くなってしまって、どんな具合か分からない。

　どうしてだろう。

　あまりにもわがままだとは思うけれど、なぜだか泣きたくなってしまって。

「違うと……違うと、思うんです」

　どうやって、言葉を繋げればいい。

　勝手に動いてしまった身体に、開いてしまった口に、意味を後付けするような不毛な行為。だけど、言いたいことはあるのだ。たとえそれが、自分のわがままだとしても、今ここで、師匠に届けたい言葉が。

　多分、だからこそ、この執務室の扉を叩いたはずだった。

「それは、その」

　茫然と、師匠がこちらを見つめている。

　そうだろうと思う。勝手に怒って、師匠に手を上げて、なのに口から出る声はまともな言葉にもならなくて。

　頰が熱い。

多分、泣いてしまっている。情けない。埋まってしまいたい。こんなにもどうしようもない自分を、今すぐ殴りつけたい。

だけど、せめて。

「分からないんですけど……ああ、もう、もうぐちゃぐちゃです……！　師匠は本当に分からず屋で、寝ぼすけで、いつもゲームばかりしてて、事件だとすぐ死にそうなところばかり突っ込んで、魔術がどうとかこうとか言っては、弱いくせにすぐほかの魔術師に喧嘩を売って！」

「や、その、レディ……」

困惑した師匠の声も遠い。

ただでさえ弱い自分の頭は、とにかく言葉をたぐりよせるだけで精一杯。たったそれだけで、焼け付いてしまいそうだ。言いたいことは万とあるのに、一欠片さえ結晶化してくれない。

「だけど……」

と、必死に訴えた。

「……だけど、拙は……師匠が幸運だけで……ただの幸運だけで、何かを与えられたなんて、絶対思いません」

ああ、どうして舌が絡まるのだろう。

「……アトラムさんもルヴィアさんも……師匠だからこそ、渡したはずです。これまでの出会いがあって……交わした時間があって、師匠とあの人たちだからこその何かがあったから、託すべきものを託したはずです。……それを幸運なんて言葉で、片付けていいわけが、ありません」

自分なんかが、言っていい台詞じゃなかった。

師匠と自分の縁など、いまだ一年にも満たない。あの故郷で出会い、ロンドンで内弟子として迎えてもらい、いくつかの事件で寄り添わせてもらった、ただそれだけ。

なのに、こんな分かったような言葉が、驕《おご》りでなければなんだ。内弟子だなどと、時計塔の都合でつけられただけの枠に、甘えきっているのは自分の方ではないか。

そうは思っていながら、止められない。

「拙、は」

今、言葉が欲しい。

この人に、伝えられる言葉が、伝わる言葉が欲しい。

「拙は、師匠に、笑っていて、ほしいんです」

怖くて、たまらなかった。

ああ、それこそ亡霊と出会ったときみたいに、心の底から恐ろしくてならない。師匠の答えを聞くのが、自分は恐ろしい。ここからいなくなれ、と当然の罵声を浴びるのが、怖くて怖くて怖くて怖くて、消えてしまいそうだ。

「…………」

返事はなかった。

胃の底に、氷をぶちまけられたみたいだった。喉の奥から手足まで冷えて、視界は薄暗く、光を失っていく。自分にはもう顔をあげる勇気もない。好きに言い散らかした責任を取らねばならないのに、受け止めるだけの気概がない。かといって、この場で逃げ出してしまうほど捨て鉢にもなれない。

師匠は、いつもこんな心細さと戦っていたのだろうか。

「…………っ！」

びくんと、震えた。

自分の肩に、師匠の手が触れたのだ。

まだか弱く、かすかに震えてもいたけれど、その細い指先には確かな力と温かさが宿っていた。

「……君の言う通りだ。レディ」

「師匠？」

ぼやけた視界で、何事か、師匠は呟いていた。

何かを確かめるような。入り口のところで躓《つまず》いていた計算を、改めて見直しているかのような仕草。

「まったく、未熟だな。何ひとつ変われやしない」

やつれた顔が微苦笑した、ように見えた。

「そうだとも。忘れていたんだ。あんなにも、決心したというのに」

情けなさそうな顔で、ソファに座り直し、腹部を撫でた。

そこから、ぐうと間抜けな音がしたのだ。

「……悪いが、デリバリーでもいいから、何か料理を用意してもらえるか。これではどうも立ち上がれそうになくてね」

「え、その」

「丸一日、何も食べてないのを忘れていた」

そんな風に言って、もう一度師匠は笑ったのだった。

「イッヒヒヒヒヒ！　まともに頭を回転させて、最初に言うのがソレってのは相変わらず抜けてやがるな、お飾り君主《ロード》！」

「お飾りは余計だ。自分が一番よくわかっている」

「ヒヒヒ！　こいつは失礼！」

右肩の固定具《フック》から発したアッドの声が、つい涙ぐんでしまうぐらい嬉しかった。

「すぐ、何かつくってきます！」

目尻を拭き、くるりと回って、自分は小走りに廊下へと出た。心臓がどきどきと跳ねて、うるさかった。先程までの行動が、あまりに気恥ずかしくて、耳まで熱くなってしまったが、それでも嬉しかった。

だから、その声音に滲んだ感情を聞き取り損ねたのだ。

「……良かったな、愚図グレイ」

珍しく労わるような言葉に、それ以外の陰が潜んでいたことに。

4

「――兄上?!」

扉を開いてすぐ、ライネスが素っ頓狂な声をあげた。

スラーの、彼女用の私室である。

師匠の執務室と、別々に部屋が設けられているのは、スラーでは数少ない贅沢と思っているのだが、今回はそれどころではなかっただろう。

机へ大量に載せられた書類を見やり、師匠が言う。

「冠位決議《グランド・ロール》に向けて、調査をしていたのかな」

「まあ、もちろん」

驚き冷めやらぬ顔で、ライネスが二度ほどうなずく。

彼女だけは、あのハートレスの工房で何があったか聞いたのだから、当然だろう。青天の霹靂《へきれき》もいいところだ。こうして師匠についてきた自分からして、事態の変化が嬉しくも、まだついていけてない。

しかし、師匠はつくったばかりのサンドイッチを頬張りながら、仏頂面で言ったのだ。

「ひとつ、一緒に考えてほしいことがある」

「そりゃあ、かまわないが……大丈夫なのかね、兄上」

改めて、何度か瞬きしてから、ライネスが尋ねた。

対する師匠の片手にはサンドイッチ。

後ろの自分は、ティーカップの載った銀のトレイを手にして、待っている。空腹を訴えた師匠に対して、学生食堂の厨房を借りて、さっとつくれたのがローストビーフのサンドイッチぐらいだったためだが、あまり君主《ロード》らしい威厳ある佇まいとは言えないだろう。

もっとも、師匠は不機嫌そうに息をついたきりだった。

「どうだろう。今でも逃げ出したいのは変わらない。しかし、それは君の手で、君主《ロード》に封じられてからずっとだな」

「おっと、ずいぶんなご挨拶だ！」

唇の端を歪めて、ライネスが肩をすくめた。

だけど、その白い横顔に滲んだ笑みは、本物に思えた。

「分かった。だったら、こちらはこちらで大忙しなんだが、愛しい愛しい兄上の頼みとやらを優先しようじゃないか」

実に恩着せがましく、魔力の宿った焔色の瞳で、師匠を見上げる。

「だけど、本当に大丈夫なんだね？　私としては、キミがここでリタイヤすることも、場合によってはハートレスに肩入れすることも考慮に入れてはいたよ。ここで立ち上がるということは、後者を決めたわけじゃないんだね？」

少女の問いかけは、単に身内として気にしてるから、というだけではない。

エルメロイの後継者として、師匠の行動が派閥のためになるかどうか、見極めようとしているのだ。そうした機微が自然に分かってしまって、ぶるりと身を震わせてしまった。時計塔の陰謀劇を短期間に見すぎたせいで、自分も染まってしまったのかもしれない。

「勘違いしないでほしいが、ハートレスに肩入れするのが悪いと言ってるわけじゃない」

淡々と、ライネスが言う。

「場合によっては、ハートレスに屈服するのが、エルメロイにとっての勝利という可能性もあるだろう」

ライネスの視点は、冷ややかな計算に基づいている。そうでなければ、たかだか十代の少女がエルメロイ派を切り盛りすることなど叶わなかっただろう。いや、師匠を君主《ロード》に封じる前、ライネスはまだ一桁の年齢だったのだ。

暗殺の危険に怯え、誰もが自分の資産を切り取ろうとする犯罪者に見えたという、今ならその気持ちが分かった。

師匠は、少し間をおいて口中のサンドイッチを咀嚼してから答えた。

「……そうじゃないつもりだ」

「よろしい」

にぱっ、と少女が再度笑った。

悪戯っぽく、白い指を目の前で組み合わせ、問いかける。

「では、一体、どんなご用件なのかな、我が君主《マイロード》」

洒落《しゃれ》じみた言葉を無視しつつ、師匠は切り出した。

「蒼崎橙子が言っていた、秘骸解剖局の死体の話だ」

「ふむ」

小さくうなずいて、ライネスが話の先を促す。

「ハートレスの五人の弟子のうち、三人は失踪」

師匠が五本の指を開き、うち三本を折った。

「で、ひとりはさきほど言ったように、先日秘骸解剖局内で死亡。最後のひとりのアシェアラも行方を眩《くら》ませているのだが、これはタイミングからすると、本人から逃亡した可能性が高い。私たちも秘骸解剖局で会っていたんだが、彼女は死亡したキャルグ・イスレッドと同様に、ハートレスが失踪事件の犯人であることを察していた節がある」

「……確かに、今考えると、そんな感じでした」

アシェアラ・ミストラスは、あの秘骸解剖局で出会った黒人の女性だった。

「ハートレスの弟子たちが失踪している話をしたときも、何も言わなかったからな。同じ秘骸解剖局のキャルグが、おそらくハートレスへの対策に、霊墓アルビオンの怪物を蒐集していたことからすると、彼女も何らかの対策を練っていたと考えるべきだろう。……もちろん、単にハートレスに上手をいかれて、攫われた可能性もあるが」

ハートレスの弟子たち。自分らにとっては、現代魔術科の先輩にもあたる生還者《サヴァイバー》たち。

名前は、こうだ。

キャルグ・イスレッド——秘骸解剖局・管理部門。

アシェアラ・ミストラス——秘骸解剖局・資材部門。

ジョレク・クルダイス——フリーランス。キャルグの兄弟。

ゲセルツ・トールマン——フリーランス。魔術薬を得意としていた。

クロウ——フリーランス、のはず。

以前にスヴィンが整理したメモから、メンバーの名前を思い返す。

「……失礼」

と、師匠が懐に手を差し込んだ。

シガーケースから一本の葉巻を取り出し、シガーカッターで先端を切り落としてから、ゆっくりとマッチの炎をあてがう。一連の動作は慣れ親しんだもので、擦り付けるみたいに近づけたマッチから、やがて葉巻へと炎が移り、師匠の唇へと差し込まれる。

その香りで、少し落ち着いた気がした。

「魔術についてなら、私もいささかの知識はあるつもりだ。しかし、これは時計塔の常たる陰謀に基づいている。君の知恵を借りたい」

「やれやれ、可愛い妹を捕まえて、悪巧み大好きな小姑みたいに言うものじゃないよ」

肩をすくめて、ライネスは顎をしゃくる。

話を進めろ、という合図だ。

師匠も十分承知しているものか、葉巻の煙をくゆらせ、その煙の形を目で追いながら、言葉を続けた。

「重要なのは、わざわざ蒼崎橙子があの死体について言い残した意味——つまりはキャルグ・イスレッドが、なぜあそこで死んだかだ」

「なぜ……？」

そう言われても、自分には見当がつかない。

ハートレスが、突然弟子たちを攫って回っているのではないか……その程度にしか理解していない。

間抜けな顔をしている自分を哀れんだのか、師匠はさっさと話を展開する。

「彼には、兄弟がいただろう」

「えっと、ジョレク・クルダイスですね」

姓が違うのは、生還者《サヴァイバー》として霊墓アルビオンを抜けた後、高名な魔術の家の養子に入ったからだとかなんだとか。

「そうだ。弟は家の養子に入ったから名前が変わった、とキャルグは言っていた。しかし、これが逆だとしたら？」

「……逆？」

その意味が分からなくて、首を傾げてしまう。

「ひとりは秘骸解剖局、ひとりは地元の魔術師の養子に入って、姓が変わる。それが必要だったから道を別れたのだとしたら？」

「どういうことです？」

説明されても、まだ分からなかった。

自分の混乱を見やり、師匠は別の方向から言葉を紡ぎ直した。

「話によれば、ジョレクとキャルグは似た年恰好の兄弟だったらしい。もしも、ふたりが時々入れ替わっていたとしたらどうだ？」

「ジョレクと、キャルグが？」

師匠が、何を言っているかが分からない。

だけど、氷を当てられているみたいに、背筋がゾクゾクとした。分からなくても、師匠がひどく重大な部分に、メスを当てていることだけは実感できたからだ。事件の心臓には至らずとも、極めて重大な患部へと、その刃が突きつけられている。

「入れ替わるって、何のために、です？」

「解剖局の情報はほかでは得られない。内部の人間でさえ簡単には持ち出せないように、さまざまなセキュリティを施している。だから、兄弟はその秘骸解剖局へ潜り込む実績をつくるために、霊墓アルビオンを発掘していた。一見迂遠なように思えるが、秘骸解剖局が霊墓アルビオンを管理している以上、外部から最も採用されやすいのは、やはりアルビオンの生還者《サヴァイバー》に他ならないからだ」

淡々と、師匠が言う。

自分なんかには、上っ面しか分からぬ言葉が、積み重ねられていく。

「片割れのジョレクが養子に入って名前を変えたのも、そのためだろう。互いの関係性が、簡単にはバレにくいようにしていたんだ。時計塔のセキュリティでさえ、兄弟で同じ魔術を使うようであれば、見分けるのは困難だ。そして、兄弟同士で顔を似せる程度の変身術なら、それこそ新世代《ニューエイジ》の新入生だって使ってみせる」

「ああ、なるほど。ミステリじゃよくある手だ」

傍らで聞いていたライネスが、ふんふんとうなずき、こう付け足す。

「なにしろ、私たちは一度そういうトリックを見たこともあるからな」

「あ……イゼルマの」

と、自分も呟いた。

双貌塔イゼルマの事件。

あのときは、美を追求した魔術の果てに被害者が入れ替わったことが、自分たちを混乱させたのだった。

もちろん、あれほどの変身術や、それに類する魔術は、通常の魔術師にかなうことではない。しかし、兄弟同士なら極めて簡単だろうことは納得できた。別に魔術の力を借りなくたって、ちょっとしたメイクで十分だろう。

「でも、そんなことをしても意味があるんですか？」

「意味なんていくらでもある。解剖局は内部で裏切り者が出ることについて厳しい。密輸や賄賂《わいろ》にメリットがありすぎるからな。このため監視の目を張り巡らせているが、それなりの地位にある局員が、もうひとり分の体やアリバイを用意できるなら、これはさまざまな手で突破できるだろう」

「…………」

十年前の陰謀が、師匠の手で明らかにされていく。

まるで、解剖のようだ。多くのミステリ小説で描かれてきた名探偵たちの推理とは似て異なる、師匠なりのやり口。

「ああ、それならハートトレスが一切結界に触れず、秘骸解剖局の施設の内側まで入れた理由も説明がつく。あの兄弟が時々入れ替わっていたのなら、セキュリティを抜けるための仕掛けも、当然組み込んでいたはずだ。ハートトレスは先に兄弟の片割れを攫っているんだから、その仕掛けを利用するのもたやすい。ハートトレスの変身術の冴えは、私たちも見たことがあるからな」

魔眼蒐集列車《レール・ツェッペリン》の事件で、ハートトレスはカウレスに変身していた。その精度はまだ同じエルメロイ教室に通ってまもなかった頃とはいえ、列車に乗っている間、自分たちをずっと騙しおおせたほどだ。

あのときのカウレス——に化けたハートトレスは、単に姿形を似せるだけではなく、口調や思考までも完全にトレースしていた。

「この際、サーヴァントは霊体化すればついていける。無論魔術師の結界はこうした霊体にも反応するが、実体化と霊体化を繰り返して、現代のほとんどの魔術師を凌駕する危険な使い魔なんてのは想定外だ。まして、すでにキャルグが抜け道をつくっていたのなら、そこをつくのは難しくなかったろう。

そして、おそらく、キャルグは霊墓アルビオンの怪物たちを使って抵抗した。弟の失踪から、ハートレスの接近は感づいていたんだろうしな。残念ながら、サーヴァントであるフェイカーには敵わなかったわけだが」

そこで、一呼吸、師匠はおいた。

眉間に皺を寄せ、こめかみを二度ほどつつく。

それから、吐き出すように、口にしたのである。

「……ひょっとしたら、キャルグではなく、ジョレクだったのかもしれない」

「何の、ことです？」

「秘骸解剖局で見つけた、あの死体だ。もしも、あの場で死んだのがキャルグでなかったと発覚したら？」

事件のことを思い出す。

無残なまでに切り刻まれ、攪拌《かくはん》されたキャルグの死体。もちろん、話に聞いたフェイカーの魔術をもってすれば、そんな死体をつくりあげることは難しくない。人間の死体を大型ミキサーにいれればできる程度のことは、文字通りの一言、二言でやってのけるだろう。

しかし、そんなことをした理由は？

ホワイダニット。

今、師匠が問う。

あの場で死んだのが、キャルグでなかったら、と。

「……え、あの場で死んだのがキャルグさんじゃない？　ええと、つまり、弟さんのジョレクさんだったとしたら、ですか？」

混乱したままに口にしたのだが、師匠は小さくうなずいた。

「もしもそんなことが判明すれば、当然、解剖局も事件の発端がずっと以前からのものだと気づく。もちろん、局内で殺人事件があっただけでも大事件だが、あげく死んでいるのが局員でなかったとなれば、捜査の手はそもそもこの被害者は誰だったのかというところに行き着くだろう。それは、ハートレスにとって見逃せない違いだったとしたら？」

「…………」

話が、複雑過ぎて、分からなくなってきた。

一体、師匠は何を解こうとしているのか。何を暴こうとしているのか。

「だから、ハートレスは、徹底的に死体を破壊した。この死体の身元がバレないようにしたんだ。死体を持ち去れば楽だったろうが、さすがに解剖局の施設からそこまでやる余裕はなかったんだろう」

「ま、待ってください」

たまらず、自分も声をあげた。

「キャルグさんとジョレクさんが、こっそり入れ替わっていた可能性があるのは分かりました。秘骸解剖局に、そうして入り込む価値があることもです。でも、一体いつからそんなことを考えて……」

「……一体、いつから？」

鸚鵡《おうむ》返《がえ》しに呟いたのは、師匠ではなかった。

隣で聞いていたライネスが、可憐な人差し指でこめかみを押さえ、片目を細めていたのである。

「……ああ、なるほど。ようやく私に相談した意味が呑み込めてきたぞ。そういうことか、我が兄よ」

「そういうことだ」

ふたりして何か納得しているようだが、自分にはさっぱり分からない。

すると、ライネスがこちらへ視線をやって、

「キャルグとジョレクだけじゃない。ハートレスの五人の弟子たちには、最初から別の目的があったんじゃないか、ということだよ」

と、言う。

そして、改めてその意味を繙《ひもと》く。

「この場合最初というのは……おそらく、ハートレスの弟子になるよりずっと前だ」

「え、弟子になるより、ずっと前？」

違和感で、自分は眉をひそめてしまった。

停止してしまったこちらを眺め、ライネスが手元の紅茶を一口飲む。数秒考えてから、ようやっと自分は違和感の正体を摑み取った。

「でも、それっておかしくないですか。だって、ハートレスの弟子はみんな生還者《サヴァイバー》なんですよね？　キャルグさんとジョレクさんだけなら分かります。でも、残りの方もみんな、何年も前から霊墓アルビオンにこもっていた人たちです。なのに、全員がそれより前から仕掛けていたなんて」

そうだ。時系列がズレているのだ。

確かに、それなら辻褄は合うだろうが、合うのは辻褄だけだ。歪みを埋めた分、別の歪みが広がってしまっている。師匠の言う通り、キャルグとジョレクは最初から秘骸解剖局へのコネクションをつなぐつもりで、アルビオンに潜ったのかもしれないが、皆が皆そうなわけはないだろう。

対して、ライネスは神妙な顔で、首を縦に振った。

「もちろん、その通りだ。こちらもあれから調べていたんだが、ジョレクとキャルグが四年間、ゲセルツが九年ほどアルビオンに潜っていて、アシェアラとクロウがそもそもアルビオン生まれということだった。それに、チーム自体、何度かメンバーが入れ替わってからこの形になったようだ。グレイの疑問はもっともだね」

その答えに、少しほっとする。

自分の考えはきっと浅はかだとは思うが、それでもライネスや師匠となんとか考えを共有できていると思えたからだ。

「だけどね、グレイ。これについて、時計塔は極めて簡便な解答を提示できるのさ。うん、それが現実的なものなのかどうかを、兄上は私に確認しにきたんだろう？　推測として成り立っても机上の空論じゃ意味がない。こいつは犯人が頭の切れるヤツだとか、背後にものすごい因縁があったんだとかじゃなくて、そういう行為を普通にやりうる地盤があるかどうか、という環境の問題だからね」

つらつらと言って、彼女はため息をつく。

「今兄上が示唆している可能性は、君が考えているより、ずっと下劣で、遥かに俗悪な話だ。ちょっとどうかというぐらいに迂遠で、ろくでもない。君が時計塔に対して正しい認識を持つと同時に、幻滅しきってしまうんじゃないかと思うし、いささか残念ではあるがそれが道理だとも思うよ」

「それは、どういう……」

「だからさ、たまたまキャルグとジョレクだけが、そういうことを考えていたと思うからいけないんだ。そもそも、アルビオンに潜るより前のキャルグとジョレクが本当にフリーランスだったなんて、どうして分かる？　個人が秘骸解剖局の情報を持ち出したって、得られるものなんて大してないだろう。そういう情報を欲しがってる別の組織が、彼らに秘骸解剖局へのスパイを命じたと考える方がよほど自然だ。

　そして、こういう風に考えた場合、キャルグとジョレクだけがスパイ行為をしていたと考えるのはおかしい。だって、彼らが生還者《サヴァイバー》となれたのは、かなりの幸運に頼ったものだろう。うっかり霊墓アルビオンで死んでも終わりだし、たいした成果もあげられずに秘骸解剖局に目をかけてもらえなくても終わり。やっていることが気長なわりに、計画が不安定すぎる」

　ライネスの声が、執務室の床を滑っていく。

　こちらの思考を次から次へと上回って、恐るべき推理だけが連なっていく。

「つまりね。最初から、何十人も——下手すればもっと多く、時計塔の派閥たちは霊墓アルビオンへ使い捨てのスパイを送り込んでいるんだよ」

「は……？」

　間抜けな声が、こぼれてしまった。

「おそらくというか、ほぼ確実に、秘骸解剖局の目を盗んで、霊墓アルビオンを調査するためだ。なにしろ、アルビオンへ公的に立ち入るためには、必ず解剖局を通す必要がある。自然と調査できる範囲も内容も限られるから、これを迂回するため、息のかかったスパイを潜り込ませておきたいという発想は普通だろう？　たとえそのために十年や二十年、場合によっては一生を費やさせることになってもね」

普通だろう、と言われてもすぐには受け入れられなかった。

確かに、ライネスの話は辻褄が合う。ひとりやふたりスパイを送り込んでも成功がおぼつかないなら、数十人単位で送り込めばいい。その中の誰かが成功すれば結果は一緒なのだから、使い捨てで構わない。

だけど。

それは、だけど――

「ハートレスの弟子たちのうち、キャルグとジョレクの兄弟は確実に――そして、ひょっとしたら、ほかの弟子たちの誰かも、時計塔の派閥によって霊墓アルビオンに潜入させられたスパイだった」

愕然と、その言葉を自分は聞いている。

喉元を乱暴に摑まれた気分だった。必死に酸素を取り込もうとしているのに、どうやってもいつもの半分も肺が機能してくれない。真っ暗な水の中で、もがいているみたいだ。

師匠が、いつもより眉間の皺を深くして、尋ねる。

「つまり、ありえるんだな、ライネス」

「十分ありえるね。うん、確かに言われてみれば、そういう発想も持つべきだった。落ちぶれる前から、エルメロイ派は霊墓アルビオンについて関与することが少なかったから、この手の情報も足りなかったんだけど、これは私の不明というべきだ。ああ悔しいものだな。一体いつぐらいから、こういうスパイを放っていたか分からないが、発想のスケールが違う」

「ま、待ってください！」

感服したような声音に、思わず自分も割り込んでしまう。

「みんな、そんな命令を引き受けてしまうんですか！　単に危険だとかそういうことじゃないでしょう！　霊墓アルビオンからは条件が揃わないと出られないんでしょう！　だったら、ずっと戻ってこれない可能性もあるんですよ！」

何年もかけたスパイ行為。

だけど、そのために何年も——下手すれば一生を費やさせることも辞さない、とはどんな思考によるものか。どんな権力者ならばそんな横暴を命じてしまって、どんな相手ならばそんな無茶を引き受けてしまうのか。

「それが、引き受けてしまうのさ」

と、ライネスはティーカップを持ち上げて、片目をつむった。

「なにしろ魔術師には、便利なことに分家なんてのがある。しかも、この分家、現代では放っておけば衰退して滅びるのが落ちだ。三大貴族に連なる家なら、美味しい餌を見せびらかしつつ、ちょっと見込みのない子供を身売りさせろぐらいのことは言ってのける。そもそも、言ってのけられないようじゃ、時計塔を生き抜けない。十年アルビオンに潜ってこいぐらいは平気で指図するし、場合によっては子供や孫の代まで根を張れとだって命じるさ。ああ、まったくもって、何もおかしくない。だいたい、魔術師の分家が本家と離れた僻地にひきこもらされるパターンは、結構な割合でこれなんだからな」

少女の言葉には、真実しか持ちえない重みがあった。

あるいは、己もそうしたひとりだったから、かもしれない。エルメロイ派において、ライネスはごく末端に位置していたはずだ。それが傷ついた源流刻印の適性だとかなんだとかで、あれよあれよと持ち上げられ、派閥の後継者にまで達した。

後継者になりたかったのではなく、ほかの選択肢がなかった。

幾多の陰謀に囲まれ、暗殺の危険にさえ脅かされる立場に、ライネスはなるしかなかった。結果としていえば、素質はあっただろうが、そんな才能を活かしたいと望んでいたとは思えない。

ここまで、するのか。

時計塔という場所は、ここまで人生に犠牲を強いるのか。あるいは、魔術師という在り方は、ここまで世界を歪めてしまうのか。

「じゃあ……アシェアラさんやクロウさんも？」

「今言ったように、十分ありえる。生まれたときからアルビオンにいるからって、時計塔の陰謀の外だとか、保証できるはずもないね」

「それは……」

言葉が、途切れる。

次に喉をついて出たのは、親しみ深くなってしまった、とある単語だった。

「……ホワイダニット」

自分の呟きに、葉巻を咥えたまま、師匠が首を縦に振った。

「そうだ。これはハートレスにまつわる人間のホワイダニットだ。少なくとも、蒼崎橙子はとっくにここまで辿り着いていたんだろう」

「そうなるなあ。まったくお手上げだ！」

ライネスがおどけて、ウサギの耳みたいに両手を持ち上げる。

「だから、蒼崎橙子はハートレスに、お前の弟子は本当は誰の弟子だったのか、なんて質問を投げかけたわけか。くそ、あのタイミングで、私は分かっておくべきだったぞ」

――『別に難しいことを聞いちゃいない。単に、彼らは誰の弟子だったのかなって訊いてるんだ、元学部長』

ライネスの説明だと、そんな風に橙子は尋ねたらしい。

なるほど、それは答えそのままだ。謎めいたやりとりでもなんでもなく、今師匠とライネスが交わしていた議論の結論だけを、そっくり切り出した言葉だった。

「……それだと、失踪事件もまるで意味が変わってくる」

続けて、ライネスが言う。

師匠よりも、彼女の方が生き生きとしているのは、まさしくこの陰謀劇こそは彼女の独《どく》擅場《せんじょう》だからだろう。

「あれが弟子ではなくて、弟子たちの裏にいる者へのアピールだとしたら？」

「アピール？」

眉をひそめた自分をおいて、師匠が口を開く。

「……おそらく、あの殺人事件まで、ハートレスは秘密裏に事件を進めようとしていた」

さきほど、師匠の執務室で話していたことだ。

ライネスは悔しそうな顔で舌打ちして、腕を組む。

「そういうことだな。だとしたら、可能な限り証拠を残さず、プレッシャーをかけていくために、関連人物を連続で失踪させるのはうまいやり方だぞ。というか、それこそ犯罪組織では普通に使われる方法じゃないか。……いや待てよ。ということは、今回の襲撃もそれか？」

「アルビオンに行くだけなら、秘骸解剖局でキャルグを殺した後、そのままアルビオン行きのエレベーターを乗っ取る手もあった」

師匠が、少女の意見に賛同しつつ、言葉を継いだ。

「もちろん、単にそこまではセキュリティを誤魔化せなかった可能性も高いが、連続で事件を起こしたということは、最初からの予定と考えた方が近いだろう。ああ、ハートレスの側からしてみれば、スラーを襲撃するのは都合が良かったんだ。一連の失踪事件の締めとして、アルビオンに行くのと、弟子たちの裏にいる黒幕へのプレッシャーを同時に達成できた」

「…………」

「蒼崎橙子は、弟子をどのように使ったんだ、とも訊いていたな。ああ、こっちも意味はそのままだ。ハートレスは黒幕にプレッシャーをかけるために、失踪事件というやり方でかつての弟子を使ったんだ」

理屈は、分かる。

ハートレスが元現代魔術科の学部長だということを考えれば、この手の陰謀や荒事に慣れていることも不思議ではない。だが、自分にはその理屈が、これまでの事件や死闘以上に恐ろしかった。ある意味で、神代の魔術師やアトラスの七大兵器よりも、自分にとっては受け入れがたい出来事だった。

人の命も、生涯も、場合によっては子孫の未来さえも、遊戯盤の駒程度にしか思っていないやり口。

それは憎悪や怒りさえ挟まない、純粋な悪意だ。

以前から、時計塔の闇はおぞましい陰謀の坩堝《るつぼ》だよと、ライネスがよく話していた。しかし、彼女が数限りなく応酬を繰り返している現実がどれほどのものか、自分には想像もできていなかった。

ようやっと、自分にもその一端が理解できて、だからこそ体の芯から冷え切ってしまうほどに、恐怖を感じていたのだ。

少し、困ったような顔で、ライネスはため息をついた。

「嫌われてしまったかな？」

「……いいえ」

と、かぶりを振る。

何度も振った。

「いいえ、いいえ。そんなはずありません。拙が、ライネスを嫌うはずがありません」

「ならよかった」

しみじみと言って、少女は冷めてしまった紅茶を飲み干した。白い指が少しだけ震えていた。

それから、

「そうだ。これを渡すのを忘れていた」

と、机の引き出しから、一枚の硬貨を取り出したのだ。

誰だかの横顔が浮き彫りになった、骨董品と思しい品であった。

「金貨？」

「地底でやりあった最後に、例のフェイカーの戦車からこぼれたやつでね。兄上なら分かるんじゃないか？」

「ふむ。貸してみてくれ」

手袋をつけてから、師匠はその金貨を慎重に眺めた。

「スターテル金貨だな……これは……イスカンダルのものか」

「イスカンダルの、金貨？」

「古代ギリシャ近隣では、当時の王や英雄にちなんで貨幣をつくる風習があってね。とりわけイスカンダルは人気が高い。この一枚でも相当な価格がつくことだろう」

こんな状況でも、少なからず誇らしげな口調が可愛らしかった。この人の心の羅針盤がどこを向いているのか、はっきりと分かるようで。

「なにしろ圧倒的に人気があり、パターンも数多い。基本となるのが、従来貨幣に打刻されてきたヘラクレスの横顔のモデルとして、イスカンダルを使ったものだ。はたまたイスカンダルはアモン神の生まれ変わりだとか言って、角が生えているものだとか、戦車を象徴して象の皮をかぶらせたものもある。発行年月は二百年以上にわたり、発行地域も当時としては抜群の広さだ。イスカンダルのコインについてだけで、十分一冊の本になるだろう。これは、かの大王がいかに広く信仰され、伝説の英雄として愛されてきたかという実例でもあり……」

「さすがとは思うが、兄上」

思い切り脱線しかけた師匠に、ライネスが口を挟む。

「この金貨をフェイカーが持っていた意味は分かるか？　もちろん、単なる所持品で、意味などないのかもしれないが」

「……む。それは分からん。ひとまず私が持っていてかまわないか」

「ああ、もちろんだとも」

「感謝する」

いそいそと、丁寧にハンカチに包み、ジャケットの懐へと仕舞い込む。

最後に、咥えていた葉巻もシガーケースへと戻し、ライネスへ頭を下げる。

「ともあれ、礼を言う。まだ霧の中にせよ、ある程度は、事件の流れがつかめてきた」

「それはよかったがね。ここから覆す手段はあるか？」

ライネスの問いに、師匠は嫌そうに頭を掻いた。

「覆せるかはわからないが、成り行きでひとつ調べ物ができた。アトラム・ガリアスタが送ってきた手紙のせいでね」

「ほう？」

眉を寄せたライネスに、続けて話す。

「だから、一旦スラーを離れるぞ。さきほどチェックした感じだと、往復だけで半日以上は潰れるから、その間はよろしく頼む」

「は？」

思い切り、ライネスの顔が歪んだ。

「ってちょっと待て。もう明日の深夜が冠位決議《グランド・ロール》なんだぞ！　何かあったらどうするつもりだ？」

「それまでに帰るつもりだが、事故にでもあったら君が出てくれ。なにしろ、本来の後継者だ。誰も文句は言うまい」

「この私が文句を言うぞ兄上?!」

ライネスの悲鳴に、今回ばかりは師匠の側がにやりと笑って、踵を返した。

途中で、歩みを止めたのだ。

背中を見せたまま、こう口にしたのである。

「ついてきてくれ、グレイ」

「っ……」

それだけで、胸がいっぱいになってしまった。いつもより大きい歩幅で、後ろからついていって、うなずいてしまった。

「はい！　師匠！」

第三章

1

オルガマリー・アースミレイト・アニムスフィアにとって、ロンドンは外地《アウェイ》という印象が強かった。

　もとより彼女の家系――アニムスフィアは、都市にではなく高地、山脈に地盤をつくっている。時折山から下りて、こうしてロンドンの時計塔本部と接触を取るわけだが、やはり場違いという感覚は拭えない。人が多すぎることも、建物が密集していることも、一日中ずっと馬やら車やらが走っていることも、彼女にしてみれば馴染めない要素でしかない。

　もっとも、実家に対して親近感を覚えているかというと、そんなこともなかった。

　現当主である父マリスビリーはほとんど自分の工房から外に出ることもなく、結果、顔を合わせることも一年に数度という有様だ。

　だから、彼女にしてみれば、人とは孤独に生きるものだった。魔術師として選ばれたのだから、孤高も孤立も当然。そのすべてを受け入れるべきなのだろうと。父が自分にまるで期待していないようなのも、そうして生きていけば、いつかは覆せるかもしれないと思っていた。

ああ、ライネス・エルメロイ・アーチゾルテという少女に深入りしてしまったのも、彼女の立場が己に近しいものだとか、つい浅はかなことを考えてしまったからだろう。そんな薄っぺらい共感など、時計塔では役に立たないと知ってはいても、もう少し、もう少しだけ話をしてみたい、という欲求には抗えなかった。

（……だから）

と、少女は思う。

スラーが襲われたという話は、彼女にも衝撃を与えていたのだ。

（……どうなってるの？）

彼女も、ドクター・ハートレスには邂逅したことがある。

魔眼蒐集列車《レール・ツェッペリン》で、かの魔術師がサーヴァントを召喚し、その宝具を開帳したところに、彼女も立ち会ったからだ。あの宝具ならば、学術都市ひとつを蹂躙することなどたやすいだろう。

しかし、あの魔術師が、このタイミングでスラーを襲う理由が思い当たらない。

もちろん、ハートレスの目的はオルガマリーにも分からない。しかし、サーヴァントを使って襲撃するなら、いつだってできただろう。よりにもよって、冠位決議《グランド・ロール》前などというタイミングに現れたのは、いかなる動機《ホワイダニット》か。

（……お父様なら、知ってた？）

マリスビリーは、以前ハートレスに個人的な依頼をしていたはずだ。それも、第四次聖杯戦争の調査などという、余人にはかなわぬ類の仕事だった。単に見知った魔術師として依頼したものか、メイン学科の学部長同士という微妙な関係性によって生じたものかは分からないが、何らかの特殊な関係をふたりが結んでいたことは確かだ。

　あるいは。

　あるいは、考えたくはないが、今も繋がっているのではないかという想像も、オルガマリーはしてしまっている。こうして君主《ロード》の名代として自分を派遣したのも、父とハートレスの策謀のひとつなのではないかと、そういう疑いを消しきれないでいた。

「いかがなさいました？」

　不意に、声がかかった。

　優しげな笑みが、こちらを見下ろしていた。

　もっとも、この笑みには時計塔らしい毒が滲んでいる。眼鏡の底に柔らかく隠れた感情を見落としてしまうほどは、オルガマリーも愚かではいられなかった。その方が人生は楽だったかもしれないけれど。

「何も。少しぼうっとしてしまっただけです」

「そうですか。お大事になさいませ、オルガマリー様」

　化野菱理《あだしのひしり》が、穏やかに言う。

　極東の民族衣装を着こなしているのは、あの魔眼蒐集列車《レール・ツェッペリン》で出会った女魔術師であった。

　さきほど、オルガマリーは彼女から、スラー襲撃の事実を知らされたのだった。

一体何を言えばいいか分からず、勝手に口はこんな言葉を選んでいた。

「法政科は、みんなあなたみたいなんですか」

「気になりますか？　ええ、オルガマリー様は後輩になる可能性が高いですものね」

艶やかな紅が塗られた唇の、笑みが深くなる。

「残念なのかどうかは分かりませんが、私はノーリッジの養子として推薦されたわけですから、普通の学生とは少し異なるでしょう。後輩には、箔付けで家の金を積んで入った子もいますが、彼の性質も多数派と言えないでしょうね。ふふ、あなたが来られたら、きっと素敵な学生になると思いますよ」

時計塔でも有力な家の後継者ならば、高確率で、法政科を一度は選ぶことになる。時計塔がいかなる思惑によって成り立っているか知るには、法政科に入るのが一番だからだ。だから箔付けで金を積んででも、というのは珍しくないが、それでいて多数派とは言えないと添えたのはその後輩の個性のためだろうか。

ロンドンの一角。

郊外の森に建てられた、とある屋敷である。

もうひとり、枯れ木を削りあげたごとき老人が、その部屋の椅子に座っていた。この屋敷の主人であり、胸にも指にも幾多の宝石を身につけながら、華やかさよりも宝石の死体を纏っているような寂寞《せきばく》さの方が印象深い老人だった。

ロード・ユリフィス――ルフレウス・ヌァザレ・ユリフィス。

貴族主義の中でも、とりわけ古くよりの保守派で知られる君主《ロード》こそ、この老人だ。

虚ろな瞳を向けて、ルフレウスが言う。

「去《い》ぬがいいわ……法政科の犬めが」

「これは残念です。降霊科《ユリフィス》には嫌われてないと思っていたのですが」

「バルトメロイは……我らの王だ。……それは変わらぬが、法政科を好く理由もあるまい。……境界記録帯《ゴーストライナー》などと……そんな存在を知っていながら黙っていたのか……」

「担当として、守秘義務がございますので」

しれっと返して、菱理は封蠟の捺《お》された手紙を取り出した。

「申し付け通り、こちらの手紙を置いていきます」

そう言って、女魔術師は退出していった。

間をおいて、老人が視線を動かすと、ゆるりと手紙が浮かび上がった。ポルターガイスト現象である。指を動かすよりも、周囲の霊体を動かす方が早いというのは、老人が受け継ぐ魔術刻印のゆえだろうか。あるいは、幾多の宝石のどれかが魔術礼装として機能しているのかもしれないが、オルガマリーにはそこまで読み取れない。

中身を一瞥し、露骨に舌打ちしたルフレウスに、少女は問う。

「ミスター。手紙には何が？」

「先代バルトメロイの名において……アルビオンの再開発は……阻止せよ……だとさ。ふん、当たり前のことを……念押しにきたな……」

嗄《しわが》れた声で、老人が言った。

「先代というのが……肝だな。今回の場合は……トランベリオを止めきれない可能性もあるが……先代の指示ならバルトメロイの名に傷はつかぬ……。ああ、今代は生まれながらに……魔術師として完成していた。だからといって……育つまで君主《ロード》を譲る必要などないのに……あやつは早々に譲った……」

ぶつぶつと、不揃いな歯を覗かせて呟く。

「こういうことがあると……見越していたか……。もしくはもっと別の理由か……」

バルトメロイは、貴族主義・第一位の名だ。

ほぼ姿を見せぬ院長を除けば、事実上時計塔のトップに立ち、法政科を統べる家系である。やはり、冠位決議《グランド・ロール》に直接出席はせずとも、完全に無視することはなかったらしい。

少し間をおいてから、

「アルビオンの再開発は、止めるべきなのですか」

と、オルガマリーは訊いていた。

「ひょっとすると、トランベリオが主張するように、その方が魔術世界に恩恵の大きい可能性はないですか」

「勘違いをしてるな……天体科《アニムスフィア》の娘……。理由などいらんのだ……」

じろりと少女を睨《ね》めつけ、老人が言う。

「我々はあえて動く必要などない。……トランベリオの主張によって……魔術世界に恩恵があろうがなかろうが……至る者は至る……至らぬ者は至らぬ……結局は、ただそれだけのことだ……」

　それだけのこと、と言い切れるのが、貴族主義の君主《ロード》なのだろう。選民主義の権化。生まれながらに選ばれた者以外は必要としない、成れの果て。

　おそらく、魔術師の本質はそれだ。

　民主主義とて、選別を緩くしているだけで大差はない。結局のところ、魔術世界に蔓延しているのは、あまりにも根深い差別と、超人幻想と、大多数の人類になじめぬ被虐意識だ。おそらく、世界の終わるときまで、この意識が変わることはあるまい。

「あとは、現代魔術科の青二才次第だが……」

　苦々しげに言った老人に、たまらずオルガマリーは口を挟んだ。

「ですが、私たちの後にも、魔術師は続きます。そうした未来の方々のために、魔術世界全体の変化も考えなければならないのでは。ルフレウス様にも、ブラム様がいらっしゃるでしょう」

「かか……ブラムのことか」

　ルフレウスが、低く笑った。

　ブラムというのは、ルフレウスの息子、ロード・ユリフィスの後継者と目されている相手だった。

「至る者は至る……と言うたろう。ブラムも同じよ。……ただそれだけ。そのために積むのは、我らだけでよい……至るならば至る。至らぬならば至らぬ……ああ、あれの死んだ妹よりは、マシであろうがな」

「……ソラウさん、でしたか」

「あのエルメロイめにも言うたがな……ソラウはもはやどうでもよかった……。あれは所詮後継者としてのスペアに過ぎなんだ……息子が無事に育ち、後継者でなくなった時点で……ソラウの役目は終わっておる……」

「…………」

十年前、鉱石科《キシュア》の君主だった先代ロード・エルメロイと、ルフレウスの娘は結婚するはずだった。それは一枚岩ならぬ貴族主義を取りまとめる、まさに鎹《かすがい》となるイベントだったろう。これまで幾度とあった政略結婚のひとつに過ぎぬとはいえ、現代の魔術世界を大きく塗り替えることになったはずだ。

しかし、そうはならなかった。

オルガマリーも、結果だけは知っている。

「……ケイネスは惜しかった……あれがどれだけの秘術を研究途中であったかさえ……私も知らぬ……」

「優秀な方だったようですね。物心付く前のことでしたので、私は存じませんけど」

「研究者としては、の」

呟いたルフレウスの言葉は、これまた端的な事実なのだろう。

先代ロード・エルメロイは一流の研究者だったが、けして武闘派ではなかった。だから、第四次聖杯戦争に勝ち残ることはできず、敗れ去った。

「だが……魔術師はそれでよい……。時計塔は研鑽として戦いを奨励しておるが……そも魔術師の発達に……そんな不純物はいらん。あってもかまわんが……あれに与えるべきではなかった……」

この老人にさえ見果てぬ夢はあるのだろうか、とオルガマリーはふと思った。己の能力の限界ゆえに、夢見ても届かぬどこか。

その果てに辿り着くことを、誰かに託したいと思うのだろうか。

「……いずれにせよ……冠位決議《グランド・ロール》に向けて……手は……打っている」

と、老人は囁いた。

「…………」

オルガマリーは沈黙した。

陰謀は、時計塔における日常だ。ルフレウスもそれに慣れ親しんだひとりである。日頃山にこもっている少女などには想像もできぬ修羅場を越えてきただろう。

あるいは、この言葉さえ、老人の手のひとつなのかもしれぬ。

天体科の君主《ロード》の娘であるオルガマリーを操ろうと、さまざまな台詞を弄しているのかもしれない。

（……それでも、いい）

開き直って、少女は思う。

（……私は、私のやるべきを、やるだけ）

ふと、魔眼蒐集列車《レール・ツェッペリン》のことを思い出した。

おそらく、あの事件がなければ人生は変わっていただろう。従者であったトリシャを無残に失うこともなく、同時に彼女の真意に気づくこともなかったはずだ。

――『お馬鹿なマリー。しゃんとなさい』

あの言葉は、今も胸に残っている。

幼い頃からの従者が、オルガマリーに伝えてくれた言葉だった。

転がるようにして、世界は変わっていく。小さな石と石とがぶつかったそれだけのことで、波及的に連鎖を広げていく。たった数ヶ月で目まぐるしく変わっていく世界に、オルガマリーは初めて少しだけ自分から介入していた。

ライネスと手を組み、協調するための材料を集めていたのもそのひとつだ。無条件で彼女を信用したわけではないが、それでも誰かの手を取らねば、変わることはできないと、そう思ったから。

（どうするつもりなの……？）

今、オルガマリーは、胸の内で問いかける。

とある魔術師の面影を、オルガマリーは思い起こしていた。

もうひとり、貴族主義に加わるはずで、あの魔眼蒐集列車《レール・ツェッペリン》で、従者の言葉を守り抜くきっかけを与えてくれた、気難しい若き君主《ロード》へ。

そのときだった。

「……オルガマリー・アースミレイト・アニムスフィア」

突然、名を呼ばれたのだ。

「……っ、はい」

「…………」

老人は、少女を真正面から見つめていた。

まるで感情を想像できない、伽藍堂《がらんどう》のごとき瞳を、しかし少女はまっすぐに受け止めた。アニムスフィアの名を背負っているからではなく、でなければ、あの従者に顔向けできない気がしたからだった。

すると、しばし時をおいてから、老人はこう切り出したのだ。

「手紙にはもうひとつ書いてあった……。アニムスフィアの後継者を……我の目で見定め……必要とあらば開示して良いと……」

「何の、ことですか」

オルガマリーの体が、緊張でこわばった。

見定めて開示、と老人は言った。ならば、答えはどちらだったのだろう。わざわざ言い出すからには合格か、それとも少女の父のように、失望して去るのみか。

「……ついてくるが……いい」

と、老人は杖を手にして、背中を見せた。

あわててついていくと、扉を抜けて、老人は廊下に出た。

広さのわりに、従僕などがまるで見当たらない屋敷だった。これほどの屋敷を維持するならば、最低でも五、六人は従僕がいるはずなのだが、人の気配を感じたことがない。冠位決議《グランド・ロール》に備えて、ロンドンを訪れたオルガマリーが、この屋敷に案内されて三日が経っていたが、ついぞルフレウス以外の人影を見たことはなかった。

螺旋階段を降りて、憂鬱げなシャンデリアの見下ろすホールから、さらに細い廊下へ入り、途中で二度ほど扉を開いた。

オルガマリーが、目を剥いた。

薄闇の足元に、地下へと続く階段が、ぽっかりと開いていたのだ。

(……こんなところに、階段があった？　いえ、そもそもここに来る前の、あんな扉があった？)

あらかじめ、目くらましの魔術がかけられていたのかもしれない。だとすれば、自分にさえ不自然さを感じさせないほど、高度な魔術だった。

「時計塔は地下が本体と言われる……。もちろん霊墓アルビオンに比べれば……表層も表層。近年となっては……施設としては地上の方がよほど多いだろう。……だが……それでも地下こそが時計塔の本来の姿。……そこにはいくつもの秘せられた書庫がある……」

言いながら、老人がゆっくりと降りていく。

オルガマリーも、それに続いた。

かつん、かつんと杖が石段を叩く音が響く。その音自体が、この地下に詠じられる呪文のようだった。実際、一部の魔術にはそのような魔術式を使うものもあるとか、父に教えられたことがあった。

ずいぶんと長い階段だった。

その向こう側に、赤錆びた鉄の扉があった。

老人の杖が二度床を叩くと、自動的に扉は開いた。

途端、猛烈な埃が舞い、オルガマリーが口元を押さえる。

凄まじいカビ臭さであった。なんらかの保存処理はしているのだろうが、それでも避け得ないほどの時間が、この場では経過しているのだった。ひょっとすると、こうした臭い自体が何らかの魔術を構築しているのかもしれなかった。

魔術によって『強化』されたオルガマリーの視覚は、その内部を捉えた。

書棚、である。

そこらの図書館では及びもつかぬほど、膨大な数の書棚が、そこにはならんでいた。

「これは……」

「時計塔にいくつもある地下書庫から……特別に持ち運ばれた書物だ……」

老人の、指の骨がこりと鳴った。

書棚の薄闇から、白い影がそそりたったのだ。魔術に馴染みの浅いものなら、たまらず悲鳴をあげただろう。

たった今、老人のそばに現れ、立ち上がったのは人骨の塊だったからだ。

骨の兵士《スケルトン》、とオルガマリーは見てとった。この書庫を守るために、不眠不休の人ならざる衛兵が選ばれたのは、当然のことだっただろう。

同時に、この書庫を管理しているのが降霊科《ユリフィス》のルフレウスであるという、何よりの証拠でもあった。

「貴族主義の……宝でもある……。本来は君主《ロード》になった際、開示されるものだが……非常時ゆえ、お前は今許された……」

「貴族主義の君主《ロード》……。なら、エルメロイⅡ世も、ここに通されたのですか？」

思いついたままに尋ねると、老人は一瞬虚をつかれたように、息を止めた。

それから、

「かか」

錆びた鉄の軋むがごとく、嗤《わら》ったのだ。

「かか……かか……かかか……かかかかかか……そんなことが……認められるはずもなかろう。せめてエルメロイの血をひく……ライネスならばまだしも……あのような卑賤な新世代《ニューエイジ》……少々特異な才をもって、祭位《フェス》に抜擢することはあっても……かかか……この書庫に招き入れるなど……」

　さきほども窺えた、強烈な差別意識の発露。

　だが、オルガマリーもこれをすべて否定することはかなわない。自分もそうした環境のもとに生まれ育ち、おそらくはその因果を子孫につなぐこととなるからだ。

　幾ばくかの苦さを呑み込み、少女は改めて老人へと尋ねる。

「この書庫で、何を？」

「……無論、書庫でやるのは調べ物さ」

　老人が顎をしゃくると、さきほどの骨の兵士が先導し始めた。

　アトラス院の記録媒体みたいなもので、書庫の詳細はこの骨の兵士が記憶しているのだろう。膨大な本棚の間を縫い、当たり前と言えば当たり前だが、一切迷うこともなく、ふたりを案内していく。

　ぼうっ、ぼうっ、と歩みに合わせて、青い炎が壁に灯った。

　ひさしぶりに現れた主人と、その輩を歓待するようでもあった。

　その途中で、老人が口を開いたのだ。

「よもや、境界記録帯《ゴーストライナー》などという名を……耳にするとは思わなんだ……。その霊威が……このロンドンで振るわれるとともな……」

　そこで、言葉を区切って、老人はじろりと視線だけを向けた。

「マリスビリーからは……聞いたことがなかったか……」

「お父様からは、何も」

厳密に言えば、オルガマリーは境界記録帯《ゴーストライナー》――フェイカーと名乗ったあのサーヴァントと出会い、交戦さえ果たしている。しかし、この場でそのような説明をする必要はないと考えたのだった。

「そうか……」

「何か、父上と一緒の、心当たりがあるのですか」

「……いや」

と、老人は口ごもった。

「あるいは、ケイネスならば、見ておったか……？」

「なんのことですか」

少女が問いかけたところで、骨の兵士が止まったのだ。

書棚の森とでもいうべきこの地下でも、とりわけ筆舌に尽くしがたい――単なる魔力などではない。ある種の密度の濃い一角であった。収められた一冊一冊が、まず百年以上は経過しているだろう。いずれももちろん現代のような印刷ではなく、当時の人間による肉筆なのが窺えた。

「……これだ」

と、老人が抜き出した書物は、ほかよりはいくらか埃の層が薄く思えた。

ふうっと息を吹きかけると、吹き飛んだ埃の下に、とある名前が記されていた。

「……ゾォルケン？」

「ああ、マキリ・ゾォルケンという」

知らない名前であった。

響きからすると、北欧か東欧のどこかだろうか。寒くて暗い国を少女は思い起こした。その厳しい環境に耐え抜いた人々は、恐るべき吹雪も蹴散らす、朗らかな克己心を手に入れるのだった。

「数百年も前、時計塔でとある神秘を調べていたという、夢見がちな魔術師の記録だ」

しみじみと、ロード・ユリフィスは口にしたのであった。

2

電車とバスを乗り継いで、二時間ほどの距離だった。

このあたりまで来ると、すっかり景色は見違えてしまう。大きな街はともかくとしてごく小規模な街などは、草原や森の間にぽつぽつと挟まっている感じだ。

師匠が降りたのは、そんな小さな町の、鄙びた駅だった。

そこから地図と看板を見つつ、十数分ほど歩いたところで、目的の場所へとついた。

うつらうつらと午睡していた受付の老婆と、いくつかの言葉を交わすと、すぐ診察室へ案内してくれた。

斜めに陽光が差す、白い病室だった。

消毒液の、かすかな刺激臭がする。今日は患者が来ていないのか、たまたま休みの時間に行き当たったものか、看護師を含めてほかの人影は見当たらない。柔らかなクラシックがかけられているのは、主の趣味だろうか。

「やあ、あなたが来客ですか」

待ち人は、さほど待つこともなく現れた。

そろそろ還暦に至ろうかという壮年の医者であった。髪の半分ほどが白く色を失っており、白衣の胸ポケットには老眼鏡をおさめている。

「はじめまして、ドクター・グロット」

師匠が立ち上がり、一礼する。

穏やかそうな顔に笑みを浮かべ、握手を交わしてから、医者は自分の椅子に座った。

「なんでも、わざわざロンドンから取材でいらっしゃったそうですが」

「いえ、それは間違いでして」

「ん、どういうことかな？」

眉間の皺を深くした医者に対して、師匠は優しく笑いかけて、奇妙なことを口にしたのである。

「だって、私とあなたは古い親友じゃないですか。久しぶりに、積もる話でもしようと思ったんですよ」

もちろん、師匠と医者とは初対面だ。

そもそも、はじめましてと挨拶したのは師匠の側ではないか。

しかし、

「……ん、ああ、そうだったな」

いささかぼんやりした様子で、医者がうなずいたのであった。

「え」

自分が、思わず声をあげてしまうと、師匠は唇に人差し指を当てた。

「しっ……今のは、私の暗示だ」

「師匠の、暗示」

正直、医者の返答よりビックリしたかもしれない。

他人の魔術の解体はともかく、師匠がこんなに真っ当に魔術を使うのは、かなり久しぶりに見たからだ。

「残念ながら、所詮は私の魔術だからな。深度はごく浅いものだ。ちょっと辻褄が合わなければすぐに解けるぞ」

表情から、こちらが言いたいことが伝わってしまったのか、実に不機嫌そうに師匠が答えた。苦手科目の得点を指摘された子供みたいな表情でもあった。

目の前の医者が、ことりと首をかしげる。

「どうかしたのかな？」

「いえ、お気になさらず。こちらは私の助手でして」

「ははは、そうか。キミもそんな歳になったか」

師匠の与えた暗示で、師匠はどんな立場になっているのだろう。歳の離れた親友同士なんてのは、いささかドラマじみているが、意外と、少々設定に無理のある暗示の方が通りやすいのかもしれない。暗示についての講義は受けたのだけど、このあたりの詳細は霧の中だ。

指を組み直して、師匠がこう問いかけた。

「で、受付でも話したのですが、三十年前の患者を覚えてらっしゃいますか」

「……うむ、もちろん覚えている」

どこかぼんやりした感じで、医者はうなずいた。

「彼は今ハートレスと名乗っていますが」

「――――っ」

分かっていたのに、つい息を呑んでしまった。

（……これが、アトラムさんの言ってた……）

電車の中で、師匠が言っていた台詞を思い出す。

『ハートレスは、かつて妖精に接触している』

アトラムからの封筒の裏面に書かれていたのは、ドクター・ハートレスについての情報だったのだ。

それも、本来裏面だけで足りるような情報量ではなかった。魔力をもって浮かび上がらせた理由は、あそこに書かれた文字が擬似的な魔術式となって、アトラムが調べた幾多の情報をまとめて師匠の魔術回路で再生するためだった。

いわば、コンパクトディスクにも勝る、魔術の記録媒体といえただろう。

科学と魔術を融合させることに忌避感を持たなかった、アトラムらしい発想だった。

『イゼルマの闇オークションでは、菩提樹の葉を持っていかれたが、おかげで分かったこともあった。ああ、何人も介した入札で十分隠れていたつもりだろうが、我が土地では砂塵に姿をくらますなど当たり前でね。それでも、乾いた風の流れひとつ、かすかな臭いひとつで突き止めねばならない程度には、しつこさも磨かれる』

もしも、この場にアトラムがいたならば、その得意げな表情まで見えそうだった。

もっとも、ここまでなら自分たちも知っている。ハートレスが初めて現れたときから、現代魔術科の元学部長は、妖精に心臓を盗まれた噂があるとか、そんな話をメルヴィンがしていたからだ。サーヴァント以外に発揮されたいくつかの異能も、そうした経歴に由来するものだろうとは考えていたのである。

それは、たとえば現代で宝具を託された自分と同じように。

『ああ、君もここまでは分かっているだろう。だが、取り替え児《チェンジリング》の問題とは畢竟《ひっきょう》彼らが帰ってきたときにこそ生じる。とある取り替え児《チェンジリング》が現実に戻ったとき、彼は妖精の祝福を受けることになったという。魔術協会でも特別視され、あの蒼崎橙子より早く、極東の地から現れた天才とか言われた魔術師の話だがね。

ハートレスの場合は、とある医者に匿われたらしい。もっとも、詳しく調べる前に私はこちらに来ることになったし、聖杯戦争前に余計な藪に手を突っ込みたくはなかったから、一旦調査を打ち切ったんだが』

それも、アトラムからすれば自然な考えだったろう。

実際、藪をつついた結果、聖杯戦争前にハートレスを敵に回す可能性も存在したわけだから、行動として正しかったとも言える。

『君なら、何かしらの見解を打ち出せるかもしれない。医者の住所を伝えておこう。――以上をもって、君による慰楽の礼とする』

それきりで、情報は終わった。

だからこそ、自分たちも電車とバスを乗り継ぎ、この医院へと辿り着いたのだった。

少し間をおいてから、医者が口を開く。

「キミなら、かまわないか」

と、小さくうなずいた。

白くなった睫毛で、何度か瞬きしてから、遠い時間を語りだす。

「当時の私は理想に燃える若手だった。亡くなった父はそんな私をよく叱っていてね。でも、結局のところ、そんな私だから運び込まれた患者を受け入れたとき、父はさっさとほかのもっと余裕のある病院に預けるべきだと、頑として譲らなかったさ」

目を細めて、医者が言う。

「しかし、私は結局彼を入院させた」

困ったような口調に、昔日の医者が見えた気がした。

あるべき夢にこだわって、その実現に全力を尽くそうとした若人。誰だってそんな時期はあるだろう。たまたま機会が与えられたなら、誰だって実現したいと願うのではなかろうか。

「見つかったときの彼は傷だらけでね。生きているのが不思議なぐらいだった。それに、傷は意外とすぐ治ったが、ひとつ大きな問題があった」

「問題とは？　たとえば心臓がなかったとか」

「む」

　と、医者は押し黙った。

「それを、どこで聞いた？」

「詳しくは勘弁願いたいですが、彼自身がそのように話していたからです」

　師匠の言葉に、医者はしばらく悩んだ顔をしてから、口を開いた。

「ああ、ほかの病院なんかに運べるはずないだろう。脈はある。血も流れてる。だがね、どんな機器にかけても、心臓が見つからない。まるで夢でも見てるみたいだった。しかも、それでも痛みはあるようで、時々胸を押さえてのたうちまわっていた。たった今、誰かに心臓を突き刺されているみたいだってね。ふん、その彼がハートレスと名乗っているだなんて、ちょっとやりすぎというもんだ」

　医者の言葉が、つらつらと診察室を流れていく。

　心臓を奪われた。確かに、ハートレスはそんなことを言っていた。魔眼蒐集列車《レール・ツェッペリン》で矛を交えたとき、こう囁いていたのだ。

――『虚数属性とは違いますが、僕も似たことができる。この心臓の代わりに』

妖精の呪い。

アトラムの言葉を、思い出す。

「取り替え児《チェンジリング》ゆえの現象だ」

師匠が言う。

「取り替え児《チェンジリング》。あるいは神隠し」

呟きは、診察室の白い床を這った。

講義というには短く、しかし確かな洞察に裏付けられた言葉であった。

「極東には浦島太郎なんて話があるそうだが、あれは典型的な神隠しだ。攫われた人間は、時代も場所も異なるどこかに連れて行かれる。ハートレスがどこから来たのか、知るものは本人と攫った妖精ぐらいだろう」

師匠の言葉に、自分はなぜだか夕焼けの色を想像した。

黄昏時《たそがれどき》。誰が誰かも分からぬほど、世界が一色に染まった時間。

はるかな果てからやってきた誰か。友人とていない異郷の地で、心臓も失って――その代わり、彼は何を得たのだろう。

「妖精って、本当にいるんですか」

「いわゆる幻想種や、魔術師の使い魔にも似たものはいるがね。真の意味での妖精は、いまだ我々にも全貌を把握できぬ神秘だ。ある意味では神代の魔術以上の謎かもしれない。なにしろ、アーサー王にエクスカリバーをもたらしたのも、湖の妖精と言われるぐらいだからな」

その名前は、自分の心臓をついた。何度聞いても忘れられぬ——忘れられようはずもなく、この体の奥底にまで刻まれた運命の名前。

ぼんやりとしたまま、医者は言う。

「しかし、それも三週間ぐらいだったかな」

「三週間？」

「……ああ、どうして忘れていたんだろう。彼はその三週間後ぐらいに消えたんだ」

「消えた、ですって？　どういうことですか」

「うん。空気のきれいな、冬の朝だったな。綺麗さっぱりいなくなってしまってね。そこのベッドのシーツが綺麗にかけなおされていた。私が見ていたのは幻だったんじゃないかというぐらいの、消えっぷりだったな」

「……時期は合う」

と、顎に指をおいて、師匠が呟いていた。

「ハートレスが時計塔で活動するのは、この数ヶ月ほど後だ。おそらく、神隠しの噂を聞きつけたノーリッジ卿か、卿と親しい誰かが、ハートレスを支援したんだろう」

「ノーリッジ卿、ですか」

「以前話したことがあったはずだよ。ドクター・ハートレスはノーリッジ卿の養子だ。ノーリッジ卿は時計塔における、いわゆる足長おじさんで、彼の養子であるという事実はかなりのステータスとして機能する」

　確かに、聞いた覚えがあった。

　現代魔術科がノーリッジと呼ばれるのも、彼の一族に支援を受けて、設立されたからなのだと。

「それで、化野菱理の義理の兄にあたるとかも言ってたんですよね」

「その通りだ。法政科まで含めて、ノーリッジ卿の養子は時計塔のさまざまな組織に広がっている。もっとも、だからといって、ほかに後ろ盾もない魔術師がメイン学科の学部長まで務める例はほぼ皆無に等しかろうがね。およそ現代魔術科でなければ生じない奇跡といってもいい」

　師匠の言葉は、己に釘を刺すみたいだった。

　現代魔術科がそれだけ侮られているということでもあるだろうし、師匠の置かれている地位がいつ奪い去られてもおかしくない程度の、不安定なものだという意味でもある。

　改めて師匠が医者を見やり、こう質問する。

「ようく思い出してください。何か、彼の入院中に変わった事件はありませんでしたか」

「変わった、事件？」

虚ろな顔で、医者の瞳は中空をさまよった。

どうして忘れていたのか、と医者は言った。だとすれば、当時時計塔から何らかの記憶処理を受けていたのだろう。

「私の魔術がもっとまともなら、時計塔に処置された記憶の底から掘り返せたかもしれないがね。……今は、彼の自力に賭けるしかない」

師匠の横顔に、焦燥の色が張り付いていた。

かろうじて摑んだと思った手がかりが、指の隙間から滑り落ちてしまうのか。

やがて、

「……そうだ」

と、医者は呟いた。

「確か、ああ、そうだ。あのときは……」

医者の指が、もどかしく宙を彷徨う。遥か昔に置き忘れてしまった何かを、取り戻そうとするように。やがて、その指はほかのどこかではなく、己の顔へと辿り着いた。

「そうだ……目が、見えなくなったんだ……」

「目が？　それは、ハートレスの？」

「いや、私のだよ。当時奇病にかかってね、不定期に目の前から何もかもが消え失せるんだ。暗闇というんじゃない。ただ単に、見えるという感覚自体が失せる。考えてみればそうだね。今の私たちだって、背中のものが見えないから、背後が暗闇だとか認識しないだろう。ほんの十数分ほどなんだが、何か脳の病にでもやられたのではと戦《おのの》いたものだ。それでいて、父とも反目したばかりでとにかく忙しくてね。結局ほかの病院にもかかれず仕舞いだった。

それが、彼が心配そうに背中に触れてくれると、治ったんだ。びっくりして、振り返ったら、とても嬉しそうに笑ってね。ああ、彼が笑ったのを見たのはそれが初めてじゃなかったかな。以降は一度も症状が起きなかった。それからはよく話すようになったな。本の趣味がよくあってね。古いＳＦを勧めたら、貪るように読んでは私と感想を交わしていた。アシモフのロボット三原則や、ハインラインが二人目の妻と結婚してからの作品についてよく談義したな。気づいたら一時間近くも話し込んだりしたもんだ。ああ、宇宙飛行士になりたかったのなんて、当時でも何十年も昔だが、そんな気持ちを思い出した」

「…………」

師匠は、その一言ずつを、司祭の託宣のごとく、神妙な表情で聞いていた。

それから、もう少しだけ会話を交わして、医者が小さくため息をついた。

「どうかな？　なんとか思い出せるだけは思い出してみたが」

「……ありがとうございます。とても役に立ちました」

頭を下げて、師匠はそっと医者の肩に触れた。

「お疲れですね。申し訳ありません」

「大したことないさ。久しぶりに君と話せて楽しかった」

そう言いつつも、記憶を探ることは相当の体力をつかったものか、医者は椅子の背にもたれかかったままだった。カーテンの隙間からこぼれた日差しが、彼の手の皺を、一本ずつ照らしあげていた。かつて理想に燃えた若き医者が、老齢に差し掛かるまでに刻まれた年輪だった。

「彼は、幸せにしてるかな」

椅子に深く腰掛けたまま、視線をあげる。

「長く忘れていた私が言うのもなんだが、優しい青年だった。本人の方がよほど辛いだろうに、ずっと私のことを気遣ってくれた。君がよかったら、私の助手をしてくれないかなんて、冗談を言ったものだったよ。うん、そうしてくれたら、私の人生ももう少し変わったかな」

「私は、彼の人生について何か言うことはできません」

と、師匠は前置きした。

「ですが、彼の言葉を大事にした弟子たちはいたようです。――君の人生を最も輝かしいものに捧げたまえ、と」

――『君の人生を、最も輝かしいものに捧げたまえ』

そんな風に、秘骸解剖局の施設でキャルグは語っていた。

たとえ、そのキャルグが最初からハートレスを裏切っていて、ついにハートレスに殺されたとしても。

「本当かね」

と、医者が唇をほころばせたのだ。

「いや、それは私が彼に話したんだ。——やることがないという彼に、だったら、君は輝かしいものを見つければいい。そして、人間は自分で見つけた輝かしいものに、人生を捧げるべきなんだと」

嬉しそうに、白衣の胸を押さえた。

彼にとって輝かしいものは、そこにあるのだろうか。ひょっとしたら、今師匠の言葉によって、かつて忘れていた輝きを見出したのかもしれなかった。

「そうか、弟子か。彼に弟子ができたのか。うん、それは嬉しいなあ。いや、歳をとって嬉しいことって本当にあるのだね」

無邪気に、医者が笑う。

その笑顔を最後に、自分たちは診察室を退出したのだった。

3

診療所を出る頃には、夕暮れの色が深くなっていた。

ロンドンからだいぶ離れたせいで、古い建物と草原がないまぜになった街の景色を、血の色が染めていく。遠く鐘の音が聞こえるのは、広場の教会からだろう。おそらく、この土地の子供たちは、この鐘を聞いて、自分の家へと帰っていくのだ。子供たちの家では温かな夕餉《ゆうげ》の用意がなされており、今日はこんなことがあった、誰と遊んだなどと、他愛ないことを語り合うのだろう。

取り替え児《チェンジリング》の彼もまた、こんな時間に現れたのだろうか。

どこへ、帰るために？

なぜだか、ほんの少しだけ、泣きたくなってしまった。

胸をそっと押さえて堪え、師匠へと尋ねる。

「手がかりに、なりましたか？」

「ああ、いくつかの話は大いに参考になった」

うなずいた師匠が、夕陽に目を細めた。

「だが、仮説までは立てられても、推測に推測を重ねた代物だ。到底頼りに動けるものじゃない」

「師匠が良ければ、いつでも聞かせてください」

無理に答えを聞こうとは思わなかったから、そう言った。

たった半年ばかりの付き合いだが、師匠の人となりは分かっている。別に完璧主義者というわけじゃないから、完璧な推理に至らなくても、こちらに有用な情報と思ったら、教えてくれるだろうと、そういう確信があった。

「……多分、あともう少しなんだ」

と、師匠が言う。

「ずっと、洞窟の壁を引っ掻いているような感じだ。もう少しで向こう側に穴が開くのに、その瞬間まで分からない」

唇を噛み、苛だたしそうにこめかみを引っ掻く。

「もう少しで……真相とはいかなくても、多分その近くまで辿り着く。その、もうひと掻きが、遠い……」

「師匠」

「……いや、大丈夫だ」

かぶりを振って、コートのポケットに戻した手が、すぐに出てきた。

そこに入れた手が、中身に触れたらしかった。出てきた指は、古びた貨幣を挟んでいたのである。

「スターテル金貨か」

　と、呟いた。

「スラーでも、その金貨の話をしてましたよね。調べられたことがあるのですか」

「以前から欲しかったんだが、手が出なかったんだ。……それはともかく、ギリシャ周辺の文化においては、さまざまなスターテル金貨が流行ってね。イスカンダルのものはとりわけ人気だった。貨幣経済においてすら、イスカンダルは洋の東西をつないだといっていい。かの偉大なる王は、彼が征服した地域において、いわば信仰の対象でもあった」

「なるほど……信仰ですか」

「信仰だとも」

　少なからず羨ましそうに、師匠は金貨をかざした。

　何度も裏返して観察しつつ、言葉を連ねる。

「貨幣は、最も古く、現代まで続く信仰だよ。その信仰の古さと分厚さは講義をするまでもなかろう。なにしろ、現代社会は貨幣という価値への信仰から成り立っている」

　それは、言うまでもない。

　資本主義社会だけではなく、長らくの間人類の社会は、貨幣というものへの信仰によって成り立っている。金こそは人類最大規模の魔術ともいえる、とはシャルダン翁の言葉だったろうか。

「だったら、こんなものを迷宮にまで持っていってどうするんでしょうか」

「ふむ」

何の気なしに片目を細め、すぐ、師匠が鸚鵡返しに呟いた。

「金貨を……迷宮に……？」

なぜだか、その言葉に反応したのである。

しばらくぶつぶつと、迷宮、迷宮と繰り返し、足早にぐるぐると丸く歩いて、長い髪に指を差し込んだ。唇を噛み、視線を足元に固定させ、やがて、こんな風に口走った。

「そうだ！　霊墓アルビオンは迷宮じゃないか！」

「……え、いや、それはそうだと、思いますが」

あまりに当然のことすぎて、それしか返せなかった。時計塔の地下に潜む大迷宮。古き竜が地下で死に至り、亡骸がそのまま迷宮に変じたという、魔術協会の礎としても規格外の代物。

「君にも話しただろう。元来、迷宮とは魔術そのものだ。迷宮を突破するというのは、ある種の通過儀礼《イニシエーション》だ」

「え、ええっと。迷宮は迷路とは違う。迷宮の奥で会うのは、もうひとりの自分だとかという話ですか」

アルビオンの話を初めてされたとき、そんなおさらいを師匠はしていた。

自分《グレイ》にとって、故郷の地下で出会ったもうひとりの自分は、まさしく迷宮ならではの必然であったと。一度自分が死に、再生するために、あの故郷に戻らねばならなかったのだと。

——『あの故郷は、まさしく君にとっての迷宮だった』

あれがもう、ずいぶん昔に思えた。アルビオンの話をされたのはほんの数日前なのに、この時間にどれほどの出来事が詰め込まれていたことか。

「だったら、我が王に対して、ハートレスが何をしようとしてるかは明確だ。……ああ、そうだ。王の影なるフェイカーを連れて行き、アルビオンなんて大迷宮に潜るからにはほかにない」

「どういう、ことです？」

答えはない。

師匠はひたすらに自問自答を繰り返している。

「くそ、なぜ今まで気づかなかった。ハートレスは現代魔術科の学部長だぞ。ならば、最も優れている魔術は明らかだ。私とまったく同じ専門分野で、イスカンダルを召喚しようとしてるなら、目的は限られてくるだろう。現代魔術科である以上、使う術式は極度に専門化しない。むしろ、そのために必要なものだけを、衛宮の術式のように外から準備してきた。まったくもって、うんざりするほどに無駄がない」

不安の雲が胸にたちこめたのは、その様子がイスカンダル召喚を悟ったときと似ていたからだ。

鋭い知性ゆえに、まんまとハートレスの罠にかかってしまったあのときと。

ならば、今度はどうなのか。

再び、ハートレスの罠が待ち構えているのか。それとも、今度こそ師匠の推理が、相手の心臓に喰らいつくのか。失われたはずの心臓に。

「っ――！」

師匠の体が、小刻みに震え始めた。

それは師匠が自らの両肩を押さえても止まることなく、痩身を舐め尽くす炎のように広がっていった。

「師匠っ？」

「……ふたつめの、ホワイダニットだ」

「ホワイダニット？」

ここで、師匠がその単語を持ち出すということは、ずっと悩んでいた事件の謎に、ひとつの答えが出たのか。

「ハートレスの、目的が分かった」

突然の宣言に、愕然と自分が目を剥くと、師匠は片手で顔を押さえていた。

まるで、何気ない計算の結果で、巨大隕石が地球にぶつかると悟ってしまったような目をしていた。

「だが、なぜだ。なぜ、そんな必要がある？　いや、確かに魔術師としてはひとつの正解だ。だが、それではあまりにただの正解すぎる。あの蒼崎橙子だって、そんなただの正解は鼻で笑うだろう。我々が求めているのはそういうことじゃない。なかったはずだ。そもそも、ハートレスの共犯者が冠位決議《グランド・ロール》にいるとして、その共犯者もこの目的を理解しているのか？」

どこを見るでもなく、ぶつぶつと早口で喋り続ける。

師匠の思考が、先に行きすぎているときの症状だった。この人の精神の宮殿が加速して、ほかの世界を置いてけぼりにしている。

どうなのだ。

どちらなのだ。

今度こそ、師匠はハートレスに追いついたのか。それとも、今度こそ立ち直れぬほど、ハートレスに打ちのめされたのか。

「師匠」

呼びかけに、ようやく師匠の瞳が動いた。

「どういうこと、なんです？」

「…………」

しばらく、師匠は沈黙していた。

己の至った結論を再演算している——というよりも、受け止めることをいまだに躊躇しているようだった。

「あくまで、私の現段階の推測が正しければ、だが」

慎重に言葉を選びながら、師匠が話す。

「ハートレスは、霊墓アルビオンを利用して、現代の魔術師の在り方をのきなみ塗り変えようとしている」

退潮していくアカイロの中で、自分たちはただ立ち尽くしていた。

＊

摩天楼のレストランからも、夕陽はほぼ落ちていた。

ほかに、客は見当たらない。ロンドンを一望するホテル最上階のビューは、普段一年先まで予約で埋め尽くされているのだが、今日ばかりはたった数人の客のために空けられていた。

とりわけ、向かい合った老女と壮漢。

つまりは、ロード・バリュエレータ——イノライと。

ロード・トランベリオ——マグダネルであった。

メインの一皿を終えて、ナプキンで口元を拭き、老女が短く品評する。

「料理は美味いが、腰がすわってないな」

「これは手厳しい」

イノライの発言に、マグダネルが笑った。

見る者を魅了する、快活な笑みだった。一度目にしたら、誰でももう一度と思うだろう。それもかなうなら、自分がこの人を笑わせてみたいと。それもまた、人の上に立つ者の、資質のひとつであった。

対して、イノライは冷めた顔つきで、こう返したのだ。

「これはターゲットの問題だよマグダネル。新しいものは常に素晴らしい。今このとき、受け入れられているものこそが芸術だ。だけど、これは美食を食べ慣れた人間に合わされすぎてる。進化が金余りの貴族から起きるのは当たり前のことだが、それだけじゃあ時間という縦軸は足りても、経験した人数という横軸が足りない」

ワインを片手に、イノライがゆるゆると話す。

退屈そうな表情に、マグダネルは大きな肩をすくめた。

「まあ、仰る通りではあります。ロード・バリュエレータは、多数に受け入れられる分かりやすいエンタメをお望みでしたか」

「民主主義派ってのはそういうことだろう。もちろん多数主義なんてものとイコールにして衆愚にターゲットを合わせたいわけじゃない。しかし、彼らも喜んで受け入れるようでなければ、意味がない。オレたちはつまらない迎合ではなく、もっと当たり前に勝つべきだ。うん、面白い勝ち方をしない王なんかに、誰がつきたがるもんか」

「なんとも手厳しいですな。大衆に必要なのは娯楽ではなく誘導じゃないかと、僕は考えますが。メルヴィンくんはどうだね」

「大満足させてもらってますよ。さっきの、帆立にイチジクのエスプーマを使った焼き物なんかは見事でした」

最後のひとり、メルヴィン・ウェインズが素直に賞賛する。

民主主義の君主《ロード》ふたりに挟まれては、さしもの病弱調律師もあまり巫山戯《ふざけ》ていられないらしい。

「悪いが、持ち込んだウィスキーをやらせてもらうよ」

「もちろんお好きに。ロード・バリュエレータ」

「あと、ほかに人もいないんだし、昔通りミズ・バリュエでいいよ。気持ち悪い」

「はは、これは失礼。では、ミズ・バリュエ」

気さくに笑いかけて、マグダネルは違う話題を振った。

「ところで、さきほど現代の魔術師のあり方について話が出ましたが、たとえば魔術師同士の決闘はどう思われます？」

「どうもこうも。時計塔では奨励している。時代錯誤だとは思うがね」

　くい、ときつい泥炭《ピート》の香りを放つウィスキーグラスを傾ける。スコットランドよりさらに西。ヘブリディーズ諸島の最南端でつくられる、アイラ・モルト・ウィスキーを、老女は愛飲しているのだった。

対して、

「私は、大いに意義があると思ってます」

と、マグダネルの瞳は意志の濃度を増した。

「新世代《ニューエイジ》まで含むならなおさら。切磋琢磨にこそ、かつて我々が辿り着き得なかった境地があるかもしれない」

「だから、殺しあうべきだって？　ただでさえ絶滅危惧種の魔術師がかい？」

呆れたように、イノライが言う。

マグダネルは、岩に似た身体を、ずいと乗り出した。

「試しにひとつ、やってみますか？　四十年ぶりぐらいでしょう？」

「不必要なのに、命の危険をおかしてかい？　あんた、まさか冠位決議《グランド・ロール》こそ、邪魔の入らない決闘の舞台だなんて、考えてないだろうね？」

「ははは」

小気味好く笑ったマグダネルに、イノライは話題を切り替える。

「ドクター・ハートレスがスラーを襲ったそうだね」

彼女のもとにも、すでにその情報がもたらされていたのだった。

「あれは、つまるところアピールだろう。冠位決議《グランド・ロール》を前にして、かつての自分を追い込んだ相手に、プレッシャーをかけるための」

時と場所を隔てて、老女はエルメロイII世の推理と同じことを口にしていた。

ハートレスの行動の目的。これまで秘密裏に動いていた魔術師が、学術都市スラーを襲うなどという、大胆な行為に打って出た理由。

「誰かがハートレスを追い込んだ、ですか。確かに、彼は十年ほど前突然学部長を辞めて、魔術世界の舞台裏へと引っ込んだ。そうした行動の理由は残念ながら、私の知るところではありませんが、ふむ、何者かに追い込まれていたとすれば不思議はありません」

大いに残念だと嘯くように、マグダネルがうなずいた。

「バリュエレータには覚えがありませんか」

「どうだろうね」

つまらなげに、老女は返す。

「だが、分かっているだろう？　スラーの地下で、ハートレスは裂け目《ポータル》を使って、霊墓アルビオンに移動したそうだ」

そして、こう続けた。

「冠位決議《グランド・ロール》は、霊墓アルビオンの地下深く——古き心臓で行われるんだぞ」

「ふむ」

と、マグダネルが顎を擦る。

その通りだった。

冠位決議《グランド・ロール》は単なる時計塔の運営会議ではない。いや、今となってはそのような場に堕しているが、かつては十二の名家の当主を集わせ、限りなく星の内海に近い、霊墓アルビオンの深奥で行われる大魔術儀式でもあったのだ。

「マグダネル坊や。君はアルビオンの再開発が有意義だと述べた。民主主義派はこちらに張るべきだと」

以前、エルメロイII世と会談したとき、マグダネルはそう告げた。

そのために、冠位決議《グランド・ロール》を提案したのだと。

「ならば、その主張に足るだけのデータを、そろそろ見せてもらってもいいかな」

「なるほど、理は通ってます」

と、トランベリオはうなずいた。

「こちらでどうですか」

ふるりと指を回すと、レストランの窓際に置かれていた天使の人形が羽ばたいた。

そのまま、二度ほど中空で弧を描いた人形は、ゆっくりとテーブルに着地して、ぽんと煙を放つや、書類の束へと変じたのだ。

芝居掛かった演出ではあったが、イノライは気にせず手にとって、ぺらぺらと興味なさげにその書類をめくっていき——すぐ、その表情が硬さを帯びた。

「マグダネル坊や」

声にも、常ならぬ重みが混じった。

「これは、秘骸解剖局の書類だね」

「ははは、露骨すぎるところは削っておいたんですが、さすがに分かりますか」

「おとぼけでないよ。どこから手に入れた？　トランベリオが表の権力を使ったって、そうそう手に入るものじゃない」

秘骸解剖局は、時計塔の中にあって、ほぼ独自の活動を保証されている。たとえ民主主義のトップであり、三大貴族の一角たるトランベリオといえど、その内部情報をやすやすと覗き見できるはずはなかった。

「入手手段が何にせよ、さきほどの私の話は裏付けられるのでは」

「……ああ、地上の時計塔では分からない、発掘の細かい現場までこのレポートには記述してある。たとえば、採掘都市近くからは大きく発掘量が減っているが、これが大魔術回路中層になれば、ほとんど以前と変わっていない。つまり、霊墓アルビオンの再開発によって、大魔術回路の採掘ルートを確立すれば、十九世紀と変わらぬ発掘量が期待できるって言うんだろう」

書類の数字を精査しつつ、イノライが言う。

このあたりのチェックは、慣れれば魔術回路に情報を走らせるだけでできる。現代でも、魔術師の多くが、科学技術の進歩を嘲笑する理由のひとつだった。もちろん精度や応用性が、持って生まれた魔術回路や、本人の才能に大きく左右されることは言うまでもない。

「だけど、どう手に入れたか分からないデータで、どう説得力を持たせる気だ？　オレの方で再調査させるか？　それでは冠位決議《グランド・ロール》に間に合わんだろう」

「さすがに、目をつぶっていただけませんか」

　いかつい顔で苦笑して、マグダネルは身を引いた。

　そうしなければ、イノライから発せられる魔力の渦に囚われかねないと、悟ったからかもしれなかった。

「さきほど、魔術師同士の決闘なんて流行らないと仰ったところでは」

「不必要なのにする意味はない、と言ったんだよ。マグダネル坊や」

　むしろ、老女の声は優しくなった。

　トランベリオと同じく、創造科の君主《ロード》は、三大貴族の一角でもある。

　万が一、このふたりが身につけた魔術をもって戦ったならば、それは時計塔の頂点同士が己の派閥を賭けて争い合うという意味となろう。

　イノライの手元に、さらさらと砂が渦巻いていた。

創造科《バリュエ》の君主《ロード》が身につけた、恐るべき魔術の予兆であった。

4

「ハートレスは、現代の魔術師の在り方を、のきなみ塗り変えようとしている」

今にも消え失せそうな薄暮に、師匠の声が響き、自分はただ瞬きをしてしまった。

「――は？」

一体、何を言っているのか分からない。

師匠の内弟子となって以来、さまざまな信じられないことと出会ってきた。故郷の時間が逆行した――としか思われなかったアトラスの七大兵器の仮想空間など、その典型的な例だろう。

しかし、これは性質が違う。

あくまで限定されていた剥離城アドラや双貌塔イゼルマにとどまらない。故郷の事件も最悪ウェールズ地方全体に広がった可能性は示唆されていたが、それともまったく違う。

現代の魔術師の在り方。

そういう意味で、これほど大規模な話は、初めてだったからだ。

「私たちは、根源を目指そうとしている」

これまで何度となく口を酸っぱくして話してきたお題目を、再び師匠が掲げる。それこそは現代の魔術師の最終目的。いかなる犠牲にも代償にも勝る、二千年も噛み締めてきた執着の果て。

根源というのがいかなるものかは分からないが、すべての始まりだと師匠は言う。

それほどのものだから、時計塔はありとあらゆる資源を傾けて、それこそ霊墓アルビオンを再開発してでも、望みを次世代に託したいと言い出したのではないか。

「だが、そんな必要がなくなれば？」

「は？」

もう一度、同じ間抜けな声をあげてしまった。

「えっと、師匠。何を言ってるんですか。確か、二千年の悲願なんですよね。神代が終わり、現代に移ってしまった今、我々は根源を目指さなければならないとか、何度も仰っているのを聞きました。その必要がなくなるなんて、どうやってもありえないのでは」

「…………」

師匠は、すぐには答えなかった。

あまりに想定外のものを見てしまったがために、迂闊に吐き出すことも躊躇われる、というようだった。

「どういうこと、なんですか？」

「……再度言っておくが、それなりの自信は持っているものの、まだ仮説の域を出ない。

かまわないかな？」

「もちろんです」

「よろしい。……まず、神代の魔術師は根源を目指さなかった。必要がなかったからだ。なぜなら、彼らにとって根源とは極めて親しいものだった」

　今まで何度も聞いた説明だった。

現代の魔術師は根源を追っている。しかし、神代の魔術師はそうではなかったと。

「たとえば、フェイカーがそうだ」

　自分たちも知る、遥かな時を超えて現れたサーヴァント。

「私たちの魔術はあくまで魔術式を駆動させ、つかのま世界を騙すだけのものだが、彼らの魔術は、根源そのものと接続されている神霊——いいや当時はまさしく神そのものから、直接魔術を引き出すものだったからだ」

「あ……」

　そういうことだったのか、と思った。

　これまでも、何度も示唆されてきた事実の、その発展。

　神代の魔術師と現代の魔術師の、根本的な違い。

「私たちは限定的に世界を騙しているに過ぎないが、彼らは当然の権利によって世界を書き換えている。神霊の権能とはそういうものだからだ。もちろん、権能のカケラに過ぎないが、その違いは絶大だ。我々が十小節《テンカウント》以上の魔術儀式をもって、一時的に世界のルールを誤魔化すのと表面的には似ていても、その実はまったく異なる。段階どころか、次元が違うと言っていい。彼らはたった一言、神の名を呟くだけで、世界をそのまま変えてしまう」

ルールの変更。

前に、同じことを授業で話していたが、十小節《テンカウント》に至る深度の魔術は限定的ながら世界の法則に影響するのだという。たとえば、「この場では重力は逆方向に働く」とか「この数分だけ光は蝸牛よりも遅くなる」とかそういうように、深度の高い魔術は根幹的なルールへ手をのばす。

ほかにも、禁呪とされる固有結界などは、似た効果を持つのだと。

「……ん、んんん、ええと、その、ちょっと待ってください」

ぶすぶす、と自分の脳が焦げる音が聞こえるようだ。

まだしも迷宮とか魔眼の方が、想像しやすいだけ分かりやすい。時計塔の魔術は、自分の頭で把握するには概念的すぎるように思う。

「神代の魔術と現代の魔術が違うのは、ええ、分かります。ぼんやりですけれども、分かった気がします。神代の魔術なら、そもそも根源と親しいのだから、根源を探す必要がないのも、なんとなくは分かりました。でも、それがハートレスのやろうとしてることと、一体どういう関係があるんです？」

「そこだとも。レディ」

ひとつうなずき、師匠は眉間にきつい皺を寄せた。

躊躇いを飲み込み、改めて語りだす。

「おそらく――いや、ここはまず間違いなく、ハートレスは、魔術師のための神をつくろうとしている」

沈黙せざるを得なかった。

師匠の言ってることが、あまりにも荒唐無稽に聞こえたからだ。

ハートレスの謀計に嵌《は》められて、師匠の思考がおかしくなったのではないかという恐れを押し込めつつ、おずおずと尋ねる。

「……そんなことが、可能なんですか」

「可能もなにも、イスカンダルはもとよりゼウスの血を引くなんて伝説つきだ。さらには歴史上の事実として、イスカンダルをオリンポス十二神に入れようとする動きすらあった。もとより神話においては、新たなる神や星座に引き上げられた英雄は少なくない。偉大なるイスカンダルがそれに見合わないはずがあろうか、というわけだ。エジプトにおいてはアモン神の生まれ変わりなどと言われたのは、前にも話した通りだからな」

師匠の口調からは、誇らしさと苦悩と別の何かが、等分に滲んでいた。

「ああ、加えて言えば、上位存在から神秘を引き出すタイプの魔術自体は、今でも極東などいくつかの地域で行われている。後は、それに見合うよう、術式を調整するだけだ」

「…………」

そちらは、皮膚感覚としては理解できた。

多分、いくつかの事件で似た事例を見てきたからだろう。より大きなものに語りかけて、世界を書き換える……という意味では、それこそアトラスの七大兵器だってそうだった。

「でも、英霊を神にする……ってその方法は」

「レディ。君が教えてくれたんだ、霊墓アルビオンは迷宮だと」

迷宮。

つまり、それはさきほど師匠と話していた内容だ。魔術における迷宮。

「死と再生の通過儀礼《イニシエーション》……」

「それだ」

と、師匠がうなずいた。

「フェイカーは影なるイスカンダルだ。これに魔術としての迷宮を用いて、死と再生の通《イニ》過儀礼《シエーション》を英霊に適用する。フェイカーが影武者としてのクラスであり、彼女自身がイスカンダルの影である以上、この結果は当然、座の内にいる真なるイスカンダルと直結する」

そんな馬鹿な、と笑い飛ばしたかった。

しかし、辻褄は合っていた。ハートレスが真なるイスカンダルを召喚しようとしている、という一番自分たちを打ちのめした事実こそが、師匠の推理の核となっている。そういう術式が成立しないのであれば、そもそも師匠が絶望する必要などなかったのだから。

「そして、フェイカーを真なるイスカンダルに持っていく延長には、さらに本質だけを抜き出された霊基がある。いわば霊基の再臨と言ってもいいだろう」

「霊基の、再臨」

「もちろん、通常であれば、これでも英霊という範囲におさまるはずだ。英霊としての原初の力には近づこうが、神霊などという領域には届かない。いくら再臨を繰り返したところで、英霊としての限度に近づくだけ。もとより、フェイカーやセイバーといった枠に閉じ込められたサーヴァントは、英霊全体の一側面にしか過ぎない。だから、イスカンダルを呼ぶと考えても、神霊化させようとしているなどとは、今の今まで考えもしなかった」

　師匠の言葉には、ただならぬ重みがあった。

　おそらく、ありとあらゆる可能性を考えていたはずだ。それでいて抜けていた盲点。ありえないと最初から排除していた仮説。

「神霊をつくるのに必要なものはいくつかあるがね。……アッド、君ならわかるか」

「イッヒヒヒ！　先生が俺にものを尋ねるなんて、ずいぶん珍しいじゃないか！」

　自分の右肩の固定具《フック》から、甲高い声がこぼれた。

「適切だと思ったからだ。君の封印は、つまりそういうことなんだろう？」

「ヒヒッ！　ああ、ロンゴミニアドは単なる宝具じゃない。星の源流に近すぎるからな。そんなものをろくな封印もかけず延々と振るってりゃあ、そりゃ使い手が神霊に近づくこともあるんじゃないか」

　封印礼装である、アッドの意味。

　確かに、墓守としての先達から、アッドという封印がロンゴミニアドには必要だと語られていた。それは単に、現代ではロンゴミニアドという神秘も薄れてしまうからだろうと思っていたが、そんな意味もあったのか。

「だけどな、そいつはアーサー王にだって無理だった。たかだか十年や二十年、いやいや人間の寿命の範囲でロンゴミニアドを振り回したところで、いささか精神構造が神霊寄りにはなるだろうが、そこどまりでしかない」

「その通りだ。時間が足りない」

　と、アッドの言葉を師匠が引き取った。

「神霊として調整するには、信仰なり神気なりを受けるだけの時間がいる。人の間に信仰がしみわたるのが必要なのと同様に、そのような形態に霊基を調整することには、どうしても膨大な時間がかかるんだ」

「時間……」

　何か、関係する話を聞いた気がした。

　すぐ、それはとある極東の国の名前として、自分の脳裏に閃《ひらめ》いた。

「……あ、それは、エミヤの」

「そう、封印指定された衛宮の魔術だ」

ハートレスの工房で見つかった、封印指定の魔術。

確か、それは、ほかと隔絶した時間の流れをつくるとか——

(……あ、これも)

世界のルールに影響する、最高位の魔術。

ぱちんぱちん、とパズルのピースが嵌まっていく音が聞こえたような気がした。それはある種の小気味よさと同時に、蟻の一穴から、巨大な砦が崩れ落ちるかのような不吉な予感も秘めていた。

冬の、湿った風が吹く。

師匠が葉巻を取り出した。葉巻を挟んで、火をつけようとする指が震えていた。それでも、かろうじて成功して、唇に咥えた。紫煙は何も知らぬげに彼方へと流れていく。

「時間の問題を、この衛宮の封印術式で解決する。ああ、本来は、遥か時の果てへと至って、根源を見定めようとする封印指定の術式だ。まして、英霊は歳を取らない。神霊の領域に至るまで、それこそほぼ無限に時間の負荷をかけつづけられる。この星がいずれ滅ぶまでの五十億年に比較すれば、たかだか数千年の時間圧縮など児戯に等しい。

そして、もうひとつ。冠位決議《グランド・ロール》は毎回特殊な場所で行われるんだ。すなわち霊墓アルビオンの中枢で」

目を剥いた。

それこそ、これまでまったく聞いていなかったからだ。

「このため、冠位決議《グランド・ロール》の期間のみ、普段ならば封印されている堰《せき》が開かれる。冠位決議《グランド・ロール》自体が、もともとある種の魔術儀礼であり、死せる竜の心臓で行われるからだ」

その名前だけ、以前スヴィンの描いた図で見た。

古き心臓。

霊墓アルビオンの中枢部。

「これによって、古き心臓はほかにないほどの魔力に浸される。おそらく、ハートレスは冠位決議《グランド・ロール》によって魔力の堰が開くのと同時に、霊墓アルビオンでイスカンダルの再召喚を行うつもりだ。地上の星を見晴らす地底の観測所。星の内海と地上の双方から神秘の波動を受けて、失われた竜の魔力にさえ満たされ、ひとつの英霊を神霊と変換するのに、最もふさわしい場所」

師匠の言葉は、もはや一連の呪文に似ていた。

いくらなんでもと思った事柄が、ひとつずつ、傍証や推理の積み重ねによって具体性《カタチ》を帯びていく。もはや、それこそが魔術だ。神秘を繰り、想像もつかぬ結果を導き出してみせる魔術師の手際だ。

「そして、神霊となってしまえば、さきほどの貨幣がある」

古めかしいスターテル金貨を、師匠は掲げた。もはや地平線から消えかけた陽光を、その傷ついた表面が反射して、儚く煌めいた。

「貨幣による経済とは、つまり最も強大な信仰のひとつだ。ならば、金貨を触媒とすれば、極めて単純な形の信仰形態が構築できる。実に現代魔術らしい詐術だな。とりわけ、生前からあったイスカンダル由来のコインをつかえば、神霊となったイスカンダルと経路《パス》を結ぶことも簡単だろう。まして、あのハートレスならば」

信仰と、神霊。

つまり、信仰によって神をつくりだそうという本来の形態ではなく、信仰によって神から力を引きずり出そうという、冒瀆《ぼうとく》的な逆転。

「イスカンダルを神霊とすれば、このスターテル金貨はかの神と魔術師をつなぐ、偉大なる魔術礼装となる。ああ、新世代《ニューエイジ》の魔術師たちはいともたやすく陥落するだろう。それだって、現代とは異なる技術や訓練が必要になるだろうが、現代の魔術師としてはまったく望みのない彼らが、突然神代の魔術師となれるんだから。無論、神代と違って、真エーテルなどが足りない以上、その出力は制限されるが、間違いなく今の血筋や家系による限界は超えられる」

「…………」

どのような顔をしていいか、分からなかった。

「それ、は」

それはいけないことなのか。

それは間違ったことなのか。

血筋や家系による限度を超えて、魔術師として大成する。それは、ある意味でイスカンダルとの再会以上に、師匠が願ったことではないのか。師匠同様に願ってやまない者が、いくらでもいることではないのか。

師匠の顔が苦悩に染まったのも当然だ。

推理に推理を重ねるほど、逆にハートレスに追い詰められる。なるほど、師匠に協力を仰いだりはできぬだろうが、その目的は、ある意味で師匠と重なり過ぎている。

「……追わねば、ならない」

絞り出すように、師匠が言った。

「でも、どうするんですか。あ、同じように霊墓アルビオンで行われるなら、冠位決議《グランド・ロール》の会議場から向かえば」

「いいや、冠位決議《グランド・ロール》は、終了まで誰からも邪魔されず、出ていくこともかなわない——そういう場所だ。移動も、採掘都市から直通の裂け目《ポータル》を使って行われる。いちいち会議のたびに、君主《ロード》にダンジョン攻略させるわけにいかないだろう?」

冗談のつもりかもしれないが、笑えなかった。

師匠の足が早まった。

この田舎町に来るとき使った、駅の方角へ。

「スラーに戻る。ライネスと協議せざるを得まい。場合によっては、ほかの君主《ロード》の力を借りてでも」

だが、その君主《ロード》の誰かが、ハートレスの共犯者かもしれないのだ。

薄暗がりで師匠の後を追いながら、自分はごくりと唾を飲み込んでいた。あまりに巧妙で、あまりに長い巨人の手に、師匠ともども握り締められた気分だった。

＊

テーブルにさらさらと渦巻く砂を、マグダネルは見据えていた。

老女の魔術を、彼はよく知っている。

属性は地と水と風のなんと三重。だが、その程度の希少性は、真に歳経た家系においてはおまけほどの要素だ。ロード・バリュエレータが恐ろしいのは、彼女こそがマグダネルの知る中で、最も魔術師らしい魔術師だという一事に集約された。

それはつまり——何十年と、時計塔で積み重ねてきた策略さえ、最後の最後では彼女の念頭から消え失せるということ。魔術師としての生き方、信念に不合理が生じれば、イノライ・バリュエレータ・アトロホルムは至極あっさりと俗世の果実を投げ捨てる。

だからこそ、時計塔において最も由緒正しき創造科《バリュエ》が民主主義に名を連ねるなどという異常事態が、ずっと続いているのだから。

砂が、ゆるゆると巻いている。

魔術に変ずれば、一握の砂がどれほど致命的な結果を巻き起こすか。

数秒で、壮漢は決断に至った。

「参りました。白状しましょう！」

と、堂々言ってのけたのである。

「いや肩が凝った。メルヴィンくん、調律を頼んでかまわないかな」

「もちろんです」

うなずき、メルヴィンが立ち上がった。

手元のヴァイオリンを持ち上げるのを見つつ、嬉しそうにマグダネルは相好を崩した。

「ははは、ひさしぶりにミズ・バリュエにどやされました。学生時代はレポートの書式がなってないと、ずいぶん指導されたものですが」

「結論を急ぎたがる癖はいまだに直ってないだろ」

指摘しつつ、イノライは瞳を横に向けた。

ヴァイオリンの音色が、レストランに流れたのだ。

夜毎に名のある音楽家を呼び、時には舞踏会のごとく、美しい楽曲のさざめくレストランではあったが、これほどに儚げな音色が奏でられるのは稀《まれ》だったろう。メルヴィンの『調律』は単に魔術刻印や魔術回路に働きかけるだけではなく、純粋な音楽としての基準も満たしていた。

「……うん、素晴らしい」

指でリズムを取りながら、マグダネルがしみじみと呟く。

「なるほど、魔力のこもった調べは、こちらの魔術回路を賦活《ふかつ》させる。染み入るようとはこのことだ。体質の問題がなければ、君が私の後継となる目もあっただろう」

「おっと、不気味におだてないでください、本家のご当主。うっかり吐血してしまいそうになります」

一糸も乱れずヴァイオリンを弾きながら返したメルヴィンに、マグダネルは唇の端をつりあげた。

「ひとつ、訊いてみたかったんだがね。もしも、友情か血筋かを選べと言われたら、キミはどうする？」

　ヴァイオリンは止まらなかった。

　マグダネルの『調律』を依頼されたメルヴィンは、その依頼を完璧にこなしつつ、かすかに目を細めた。

「ご本家から、ずいぶんストレートな質問ですが、それは君主《ロード》としての命令と受け取るべきでしょうか」

「そんな真剣な質問じゃない。気軽に答えてくれてかまわないとも」

「そう言われましても、私が勝手に答えればママが困ります」

「おおっと、ウェインズのビッグマムを困らせるのは本意じゃないな」

もちろんジョークだよと言いたげな、マグダネルのウィンクをよそに、

（……っ、これは）

異様な感覚を、調律中のメルヴィンは覚えていた。

まるで、気づかない間に、首元まで水に浸されていたかのよう。

（……部屋全体が……トランベリオに呑まれている……！）

膨大な魔力に、レストランのすべてが浸されていたのだ。まるで、自分がプールの中にいたことに突然気づいたようだった。

さきほど、イノライと危うく一戦交えかけたときだ。

イノライが得意の砂の魔術を行使しかけていたのと同様に、トランベリオもそれだけの魔力を横溢《おういつ》させていた。普通ならば、一定以上の魔術を行使する際は、大気中の大源《マナ》を取り込み、魔術師の身内の精気《オド》を発火源とすることで成立させる。

しかし、マグダネルの体から溢れ出る魔力の量は、一個人のみで大魔術を成立させるほどの域に達していた。

「我々が沈黙を好むのは、火を見るより明らかだ《Sheep will burn quietly》」

窓の外だ。

地上百メートル以上になるはずの高層。

突然、時ならぬ花火があがったように見えただろうか。壮絶な炎の玉が、窓ガラスの外側に生まれ、一瞬で消え失せたのだった。

「うん、メルヴィンくんも気づいたかね？」

と、マグダネルは笑いかけた。

その通りに、メルヴィンも視認していた。炎の出現によって、その炎に焼き尽くされた何らかの残骸が、地表へと落下していったのである。

「いやはや、くだらない。使い魔で覗き見とは無粋な真似をするね。おおよそは冠位決議《グランド・ロール》には出ないことを決めたはずの中立主義だろうが、そんなに気になるなら、会議に出てくればいいのさ」

「………」

おそらく、大源《マナ》を利用していれば、使い魔たちも早々に気づいて、逃げ出していただろう。しかし、身中の精気《オド》のみで成立させた魔術はギリギリまで気づかれることなく、使い魔のすべてを屠ったのである。

ロード・トランベリオ――マグダネル・トランベリオ・エルロッドの持つ個人的な特性。

それは、シンプルな出力の大きさにある。

現代の魔術である以上、最初に魔術を発動させるための小節《カウント》は必要だが、一度発動してしまえば、圧倒的な魔術を何度だろうが連発できる。ほとんど暴力的なまでの、魔術回路の効率。

（トランベリオの頂点に立つのも、当然か）

そう思わざるを得ない、絶大なる資質。

一個の魔術師としても、ロード・トランベリオは図抜けている。これまで調律師として数多くの魔術師を見てきたメルヴィンからして、一個人からこれほどに横溢する魔力を間近で見るのは、初めての事態だった。

　小刻みに、膝が震えているのに気づいた。本来ならば、自らよりも親友の方がよほどやらかしそうな生理現象ではあった。

（……悪い、ウェイバー）

　心を、折られたという自覚があった。

　少なくとも、数ヶ月はこの君主《ロード》に逆らえまい。魔術師としてそれだけの恐怖をメルヴィンは刻まれていた。ここで、メルヴィン・ウェインズはリタイヤせざるをえない。迂闊に絡み続けようとすれば、致命的なところでしくじるだろう。

　おそらく。

　イノライもマグダネルも、そのつもりで、今の茶番を演じたのだ。

　いや、それでいて、きっと茶番だけではない。ひとつボタンを掛け違えていれば、本当にこの場で決闘を行うことさえ辞さなかったに違いない。だからこそ、時計塔の君主《ロード》は恐ろしい。気まぐれひとつで、世界を売り渡す契約書のサインだってしてのけるのが、王の在り方だった。

「調律はもう終わりかな？」

　曲を終えたメルヴィンに、マグダネルが少し残念そうに振り返った。

「ひとまずは。これ以上のきちんとした調律をお望みでしたら、いずれ私の工房まで来ていただけますか」

「なるほど、それは楽しみだ。では、話の続きといこう」

マグダネルが、手元の銀のベルを持ち上げた。

金属の上品な響きが鳴り渡り、いくらかの間をおいて、入り口の扉が開いたのだ。

その向こうに、すらりとした長身の人影が佇んでいた。

黒い肌の女であった。無論、この場この時に現れるからには、単なる魔術師であろうはずもない。イノライとメルヴィンを見据える目つきは、地下深くに埋まった鉱石にも似た、傑出した意志の強さを湛《たた》えていた。

「さて、情報の出どころを白状すると、ミズ・バリュエに宣言しました。なので、紹介しておきましょう」

と、マグダネルが口を開いた。

「ドクター・ハートレスの弟子――直に教えを受けた中ではおそらく最後のひとりとなるだろう、秘骸解剖局資材部門のミス・アシェアラ・ミストラスだ」

その名に、メルヴィンも覚えがあった。

ライネスとは時々情報を交換し合っている。もちろん立場のこともあり、すべての話をしているわけではないが、アシェアラという名前が、今マグダネルが言った通り、ハートレスの弟子のひとりであり、エルメロイⅡ世が一度は解剖局の施設で会見しながら、姿を消した相手だというのは記憶していた。

だが、驚愕に至ったのは、むしろ直後の女性の返答だった。

「やめてください、お父さん」

「…………っ！」

その呼び名にメルヴィンが目を剥くと、

「ああ、今言われた通りでね」

鷹揚にうなずいてから、マグダネルは言葉を添えたのだ。

「彼女は、僕の十二番目の娘にあたる」

「どういうことだい、マグダネル」

イノライも続けて問うた。

「説明がいりますか」

「当たり前だろう？　あんたが何人も妻を囲って、その数倍も娘を抱えているのは知っている。それは構わないさ。仮にも君主《ロード》なんだからその程度の自儘《じまま》は許される。だけどね、秘骸解剖局の局員となれば話は別だ」

「なら仕方ない。お話ししましょう」

嘯くみたいに言って、マグダネルはこう続けたのだ。

「以前、秘骸解剖局との共同調査で、ほんの少しですが霊墓アルビオンに潜りましてね。その際、採掘都市で彼女と出会って、惚れ込んだんですよ。見目はもちろんのこと、あの過酷な環境にあって、なおまっすぐに物事を見つめようとする心延《こころば》えが素晴らしい。特別にお願いして、地上に連れ出してしまおうかとも思ったんだが、アシェアラの方がそれを拒んでね」

「それでは、私はお父さんの役に立てませんから」

アシェアラは、はにかんだ様子でマグダネルの隣に寄り添った。

「…………」

マグダネルの変わった性癖については、もちろんメルヴィンも知っている。愛が多い、とでも形容すればいいか。妻と娘を足せば、野球の両チームが揃うとか。そのすべてを知っているわけではないが、なるほどいまだに政略結婚華やかなりし魔術世界では有効な戦略だとも思っていた。

だが、まさか。

まさか、ハートレスの弟子のひとりが、マグダネルの娘だとは――

イノライは、ひどく冷めた表情で彼女を見つめていた。シャンデリアに照らされた皺深い手には、部外秘であるはずの、秘骸解剖局の書類があった。

「だが、ドクター・ハートレスがかつての弟子たちを手にかけているかもしれない……となっては放っておけない。なにしろ、僕の大事な娘だ。なので、こうやって呼び戻したのさ。親バカと笑われるかもしれないけどね」

快活に笑い、立ち上がったマグダネルが、娘の肩を抱き寄せる。

そうすれば、人種の違いなど物ともしない、堅固な絆の家族に見えた。少なくとも、外目だけは。

（……まずいぞ、ウェイバー……っ）

恐れを、メルヴィンは噛み殺す。

（まだ、君主《ロード》たちは、何枚も手を隠している）

明日の冠位決議《グランド・ロール》へ向けて、ひとつずつ手を集め、あるいは開示して、周囲を揺さぶっている。アシェアラという手札を明かしたのは、民主主義の結束を固めるため――というよりも、裏切りを防止するためだろう。これだけの手札を持っている自分を敵に回すのは得策ではないぞ、と暗に示しているのだ。

そして、必要となれば、これ以上の札も出してみせようと、そんな風に周囲を脅しつけている。分家のひとりに過ぎないメルヴィンを呼びつけた理由はずっと謎だったが、つまりは分かりやすいサンプルだ。ほどほどにトランベリオ本家に反抗的で、ほどほどに見る目がある情報の発信源として、メルヴィンが好都合だったからに他ならない。

そういうメルヴィンだからこそ、彼の評価ならば周囲も信じるだろうと、選ばれたのだ。あのタイミングまで、中立主義派の使い魔を放置していたのも、当然計算ずくだろう。秘骸解剖局のデータを押さえている、というところまで、マグダネルは情報をわざと流出させるつもりだったに違いない。

時計塔に怪物はいくらもいる。

しかし、こうして情報のカードを自在に操ることにかけては、ロード・トランベリオを上回る者は数少ない。民主主義とはつまるところ大衆への誘導ではないかとトランベリオは喝破したが、まさしくその通りの行動を彼は取っていた。

新たなる時代の、王。

その微笑みを見やりながら、ひとつだけ思った。

（……ああ、最後の悪あがきが、君に届いているといいが）

5

鉄道の駅に着く頃には、完全に夜となっていた。

老朽化したコンクリに、枯れた樹木がしなだれかかったホームで、自分は冬の星座を見上げていた。街の明かりが少ないせいか、故郷ほどではないにせよ、くっきりと星が輝いている。

今回の事件は、その輝きの届かぬ地底で蠢いているのだった。

まるで、星々の瞳から逃れるかのように。

「くそ、かからん」

しばらく携帯電話を手にしていた師匠は、難しい顔をして電源ボタンを押した。

「どうしました」

「バスに乗る前に、おおよそのことをライネスに話したんだがね。今後について話そうとしたところで切られて、何度かかけなおしても、拒否してくる。……一度だけメールがあって、話は理解した。そちらに、ろくでもない悪あがきがひとつ向かっているので判断は任せると」

「悪あがき？」

確かに、ライネスらしい言い方だとは思ったが、その意味は分からなかった。

だから、駅の異変に気づくのは、少しだけ遅れた。

（他に、客がいない……？）

無論、田舎町だからタイミングによっては無人というのもありえるだろう。だが、まだ午後七時ぐらいの時間に、駅内も外の道も含めて、あらゆる気配が絶えるなどということが起こりえるだろうか。

これは、たとえば魔術師などが結界を張った場合に起きる現象であった。

「師匠」

「……ああ」

すでに、師匠は臨戦態勢に入り、五体の『強化』へと入っている。他人以上の臆病さゆえだろうが、今はそんな師匠が頼もしかった。

ゆっくりと、濃い霧が世界を包んでいった。

明らかに自然のものとは思われぬ、魔性の霧。それにわずか遅れて、とうに廃れたはずの、蒸気音がこだましたのだ。

「師匠、これは」

蒸気音に続いて、鈍色の機関部が霧を割ったのである。

霧と闇をともに切り裂く金属の車体。楽団の指揮棒のごとく優美に駆動する、車輪のサイドロッド。線路と擦れる音さえも、郷愁だけにとどまらぬ美しさを秘めていた。

「……魔眼蒐集列車《レール・ツェッペリン》」

古びた駅のホームへ、かの列車は冬の幻のように寄り添った。

突然の出来事に、自分も師匠も微動だにできなかった。この列車で起きた事件を思い返せば、それは当然の反応でもあった。

開いた列車の扉から、ゆっくりと人影が現れる。

痩せた男であった。

魔眼蒐集列車《レール・ツェッペリン》の車掌、名前はロダンと言っただろうか。折り目正しく体を曲げて、低い声でこう言った。

「お久しぶりでございます。ロード・エルメロイⅡ世」

「なぜ、あなたが」

「メルヴィン・ウェインズ氏はある種の勘が働く方ですね」

車掌は、思いがけない人物の名を答えた。

「メルヴィンさんが……?!」

つい口を挟んでしまった自分を見やり、車掌はゆっくりとうなずく。

「ドクター・ハートレスが霊墓アルビオンへの裂け目《ポータル》に突入したと聞いたときから、あなたがそれを追う必要があるんじゃないかと、メルヴィン殿は考えていたようです。そして、その手段として私どもと接触したのです。……ええ、私どもも、ドクター・ハートレスには大きな借りがありますからね」

冷ややかな声音の底に、驚くほどの熱がこもっていた。

「名誉ある魔眼オークションを中止させられたばかりか、無益な交戦によって魔眼をむざむざと浪費する羽目とあいなりました。くわえて、あの戦いの消耗によって、当列車の支配人代行はいまだ眠っております。これほどの無法、これほどの恥辱、放っておけるはずもありますまい」

確かに、そうだった。

魔眼蒐集列車《レール・ツェッペリン》は、ハートレスとフェイカーによって名実ともに痛手を被ったのだ。誇り高き死徒の眷属としても、神秘の世界に生きる一族としても、この屈辱は捨て置けるものではない。だから、メルヴィンはそのカードを切る瞬間を狙っていたのだろう。

つまり、ハートレスを追い詰めるために、魔眼蒐集列車《レール・ツェッペリン》の助力を乞うタイミングを。

「あとは、ライネス様とお話をさせていただきました。あなたが霊墓アルビオンへ向かうべき動機までは理解しております」

だから、ライネスは、悪あがきが向かっているなどと言い出したのか。

こんな滅茶苦茶な悪あがきがあってたまるか、と師匠ならずとも、口が悪くなってしまいそうではあった。

「私どもの魔眼蒐集列車《レール・ツェッペリン》ならば、霊墓アルビオンの採掘都市まではご案内できましょう。あなたが独自にハートレスを追おうというのであれば、これが最善の手段なのでは」

まさかの申し出だった。

魔眼蒐集列車《レール・ツェッペリン》は現実と異界の間を走っているという。自分たちも、以前の事件でそうした場面には何度か出くわしている。霊墓アルビオンが通常の座標に存在しないのならば、むしろこの列車で移動するのには適した場所なのかもしれない。

しかし、軽々にそんな申し出に乗っていいのか。

「師匠」

「……ライネスがそこまで情報を渡したからには、冠位決議《グランド・ロール》の方は、自分で引き受ける覚悟を決めたということだろう。なるほど、私からの電話に出ないわけだ。下手に説明して問い詰められるより、渦中に投げ込んでしまった方が楽だとか考えたな」

小さく、舌打ちした。

しばし沈黙してから、師匠は車掌へと話す。

「だが、私とグレイだけではどうにもならん。時間差からいって、とうにハートレスは迷宮たる大魔術回路まで潜っているだろう。戦力になるのがグレイだけでは問題外だ。まして、これ以上私の生徒を巻き込むことも許されん」

「それも承っております。先立って、列車に乗っていただいておりますれば」

「列車に？」

疑問符と同時に、答えは返ってきた。

「よう」

茶目っ気たっぷりに、車掌が出てきたのとは違う車両の扉から、その魔術師が手を振ったのだ。

がっしりした体格に、よく日焼けした肌。伸び放題の髭面で、汚れた布を頭に巻いている。夜霧の中、ギラギラした太陽を思わされてしまった。自分が出会ってきた魔術師のほとんどは暗い闇の気配を纏っているのに、この男はどれほど垢や埃で黒ずんでいても、爽やかな砂漠の風を思い起こさせるのだった。

「何、ぽかんとしてるんだ。まさか、すっかり忘れられてたか。ほれ、フリューって名前を舌に転がせば思い出してもらえるかね？」

あの剥離城アドラに集った、メンバーのひとり。

飄々たる星占い師——フリューガーが、そこにいた。

「どうして、フリューさんが」

「くくく、種を明かせば、結構前からお前の義妹に依頼を受けていてな。あれこれ調査に加わっていたんだ。で、今度は霊墓アルビオンに行けってんで、この列車に乗せられた寸法だよ。ったく人使いが荒いのな」

「ライネスさんの」

彼女ならやるだろう。

おそらく、師匠が立ち直り、スラーを出てすぐに、彼女はメルヴィンに連絡を取っていたのだ。それからメルヴィンが魔眼蒐集列車《レール・ツェッペリン》を手配する間に、ライネスは霊墓アルビオンに突入するためのメンバーも募っていた。時間の問題を考えれば、師匠がハートレスの目的を看破する以前から、こうなる可能性まで見越していたのだろうか。

いや、フリューだけではない。

遠慮しいしい、星占い師の後ろから、もうひとりの人影が現れた。

「久しぶりやな。エルメロイII世に、グレイさん」

と、その青年はこちらを見つめた。いや、忘れもしない。その腕は、自分のロンゴミニアドによって失われたのだ。

黒い眼帯で右目を覆い、額には兜巾《ときん》と呼ばれる、小さな冠をつけている。そのスタイルは、修験道と呼ばれる日本独特の信仰によるものなのだと、やはり剥離城アドラで師匠が教えてくれたのを思い出した。

師匠の唇が、その名をこぼした。

「時任《ときとう》次郎坊《じろうぼう》清玄《せいげん》。いや、君は……その、清玄でいいのか」

かすかに言いよどんだのは、剥離城アドラにおいて、清玄が犯人だったから——修復された魔術刻印に人格を乗っ取られ、犯行に及んだからだ。

つまり、魔術刻印による人格侵食。

だから、清玄という人格はもはや消え失せてしまったのではないか、と師匠は言ったのであった。

「……清玄でええ」

吐き出すように、修験者は答えた。

ひどく、苦いものが混じった声音であった。

「いまだにな。あの剥離城の息子と、わいの記憶は混じっとる。ちょっと気を抜いたら、自分が時任次郎坊清玄か、グラニド・アッシュボーンか分からんようなる。それでも、わいは清玄や。そう呼んでもらえるのが嬉しい」

そこまで至るのに、どれだけの時間が必要だったろう。

己の人格や記憶がどこまで己のものか分からない。そんな状態は考えるだけで、ぞっとする。この体が自分のものでなくなったとき、どれほどの恐怖に苛まれたか、到底忘れられるものではないからだ。

「……分かった」

と、師匠もうなずいた。

それから、清玄は陰鬱さの混じった顔で、こんなことを尋ねた。

「ハイネ・イスタリの妹――ロザリンドを覚えとるか？」

「もちろんだ」

ハイネは剥離城アドラで犠牲になった修道士の名前だった。またの名を騎士《ザ・ナイト》。その二つ名にふさわしい、高潔で礼儀正しい好青年だった。

妹のロザリンドの体質によって、悪性化してしまったイスタリ家の魔術刻印を修復するため、かの聖騎士は剥離城アドラへと至った。そして、そこで人格を乗っ取られた清玄＝グラニド・アッシュボーンによって殺害されたのだった。

　そんな背景を思い返していると、清玄は気まずそうに苦笑した。

「あんたの義妹は、絶対外道やろ。エルメロイの名において、ロザリンドの面倒を見てやるし、家系の後継者騒動にもこれ以上無残に巻き込まれないよう、手を尽くす。せやから、あんたを手伝えとか、めちゃくちゃ言いやがるんやから」

　確かに、それでは清玄は断れまい。

　結果的に、他人に乗っ取られた清玄はハイネを殺すこととなったが、それまではむしろ友好的な関係を築いていたのだから。それこそ、ハイネが、妹のロザリンドを彼に託すほどに。

「申し訳ない。確かに外道だと、私も思う」

　謝罪した師匠に、自分も賛成せざるを得なかった。

　後で、一言ぐらいは、ライネスに忠告した方がいいかもしれない。きっと、そんなことは十分承知だろうし、自分の考えは余計なのだけど。

「で、霊墓アルビオンへのアタックは最低五人ってのが通例なんやろ。せやから、もうひとり控えとるで」

　促した清玄が、背後を振り返る。

　すると、列車から不満げな声が響いたのだ。

「ああもう、さきほど別れを言ったところなのに！」

　ほんの半日ほど前、聞いていた声が。

　この少女に夜は似つかわしいか、その逆か。黄金の縦ロールが霧の駅に波打ち、いかなるアクセサリーよりも美しく、端整な横顔を飾った。蒼いドレスの裾が揺れるたび、舞踏会と紛うほどだった。

　もちろん、ルヴィアゼリッタ・エーデルフェルトであった。

「君まで」

「そこの星占い師に捕まりましたの」

　ルヴィアがじろりと睨めつけると、フリューはターバン越しに頭を掻いて誤魔化した。

「はは、ちょうどいい星を占ってたら、なんとまあ俺が知ってる中で、一番腕っこきの姐さんがロンドンの近くにいやがるじゃねえか。それは誘ってみるしかないだろ？」

「大変不愉快ではありますが、私《わたくし》も興味を惹かれる事態にはなっていましたしね。ええ、魔眼蒐集列車《レール・ツェッペリン》に乗る機会だって滅多にないのに、霊墓アルビオンへ向かうなんて言うのですもの」

　ルヴィアゼリッタが、アドラでフリューを雇ったことを思い出した。

　あのときは、そう、師匠を殺そうとしていたのであった。しかも、けして力ずくなんてくだらないやり方じゃなくて――

――『あのお嬢様、お前の無能さを証明して業界的に葬りたいんだとさ』
――『ちょっと正攻法過ぎて受けるだろ』

そんな風に告白して、フリューは笑ったのだ。

多分、自分がルヴィアに好意を抱いたのは、あのときだ。

まだ師匠に対して、心を開いてなかった頃。故郷を出て、ロンドンまでやってきたものの、魔術師なんて誰もが奇矯《ききょう》極まる変人か、もしくは千年以上も埒のあかない執念にどっぷり浸かった者だけなのだろうと、あんまりな偏見ばかりで凝り固まっていた時代。

とりわけ、あの剥離城アドラの闇は深かった。

しかし、そんな闇を真正面から打ち破ろうとする魔術師もいるのだと……ああ、多分、あのとき初めて、自分は魔術師のことが少しだけ好きになった。

ゆるやかに、ルヴィアはホームのコンクリを踏み、師匠へと歩み寄る。

「あなたがなるべく生徒を巻き込まないようにしてるのは存じてます」

と、胸元に指を突きつけて言った。

「ですが、まだ私《わたくし》は聴講生。あなたの正式な生徒ではありません。でしたら、霊墓アルビオンの攻略に私《わたくし》を連れて行くのは、ルール違反になりませんわ」

「指導役を求めながら、ひどい詭弁だ……」

指を突きつけられた師匠が、片手で顔を覆う。

今度こそ、深々とこぼれたため息に、ルヴィアがくすりと微笑した。

「あら、指導役を認めてくださったの？」

「いいや。だから、こうして乞おう」

顔を覆った手を下ろす。

それから、師匠はひとりずつ、魔術師たちを見やった。

「お願いする、ルヴィアゼリッタ・エーデルフェルト。ならびに、占星術師フリューガー。ならびに時任次郎坊清玄。私個人の危機に、力を貸していただけないだろうか。時間はたったの二十四時間ほど。明日深夜の冠位決議《グランド・ロール》までに、かの大迷宮・霊墓アルビオンを攻略し、ハートレスおよび彼と契約した境界記録帯《ゴーストライナー》を追い詰めるという、前代未聞のミッションになるが」

「この期に及んで、個人の危機と言い張るかよ。まあ、こちらは傭兵の身だ。一度雇われればクライアントに文句はつけないさ」

「わいも、選べる身分やないからな」

フリューと清玄が、それぞれの含みをもたせつつ、快諾する。

「十分事態は存じているつもりです。それより、今更置いてけぼりだなんて方が、許せませんもの」

ルヴィアは、やっと満足そうに片目をつむる。

そして、

「最初の事件の、メンバーですね」

と、自分は囁いた。

もちろん、厳密に言えば、自分にとって最初の事件はあの故郷での出来事だ。

しかし、それはそれとして、剥離城アドラでの事件は初めてという印象が強かった。師匠の推理と魔術の解体に初めて接したという気持ちがあった。もしも自分が、事件簿とでもいうべき記録をつくるなら、その最初の章はあの城での出来事に割かれるべきだと思うほどに。

その思考が伝わったのか、師匠も一度うなずいてから、車掌へと向き直る。

「では、お願いしてかまわないか」

「ええ、魔眼蒐集列車《レール・ツェッペリン》の名にかけて、霊墓アルビオンまでお連れしましょう」

一礼して、車掌のロダンが、列車の扉を指し示す。

それに合わせるかのように、気高く、猛々しく、汽笛が鳴り響いた。

あとがき

三田誠

——それは、時計塔に秘された最大の謎。

地上ではありえぬ神秘に浸され、許されぬ禁忌に侵された奥津城。

名を、霊墓アルビオン。

汝、死せる竜の偉大さを知るべし。


申し訳ありません……！

何が申し訳ないかは、もうサブタイトルを見ればお分かりの通り、『冠位決議《グランド・ロール》・中巻』なのであります。最終巻だと言ってたじゃないですかと非難されれば、平にご容赦をとしか言いようがありません。

実のところ、上巻プロットの執筆段階で「これは三冊になるかもしれない」という予感はあり、奈須さんにも相談していたのですが、「次が中巻になるか最終巻になるか分からない」とあとがきに書くと、待つ側もやきもきして辛いだろう……とつい躊躇ってしまい、この事態になってしまいました。本当にごめんなさい……。

＊

同時に、シリーズ初となった三巻構成は、かつてない濃度と複雑な関係性を物語にもたらしているものと思っています。上巻で露わとなった、エルメロイⅡ世に突きつけられた最大の課題。事件を挟んで彼と対峙することになったハートレスの思惑と過去。霊墓アルビオンに隠された因縁。冠位魔術師・蒼崎橙子による干渉。それぞれの君主《ロード》たちが張り巡らせた陰謀の数々。

ああ、時計塔や霊墓アルビオンを始めとして、お借りしたガジェットがあまりに大規模かつ魅力的で、僕の未熟さもあいまって、つい一冊伸びてしまった……というのが多分正解なのでしょう。

ここ数年ほどは、彼の一連の事件の終局が、いつも頭の隅にあったように思います。そのシーンへ筆を進められることに、大いなる喜びと一抹の寂しさを覚えています。

TYPE-MOONさんの豊潤な世界観をお借りした多くの物語の中でも、陰気な君主《ロード》と墓守の娘を主体にしたこの事件は異彩を放っていましたが、それがここまで続いたのは、間違いなく、これまで応援してくださったあなたのおかげです。

どうか、彼らの追う謎のすべてがつまびらかとなるそのときまで、お付き合いくださいますよう。

東冬さんの手になるコミック版『ロード・エルメロイII世の事件簿』も、想像以上の好調でほくほくしています。驚くほど美麗な筆致で描かれた事件簿の世界についてはもう細々と説明する必要もないでしょう。

年明け、二〇一九年一月には三巻が発売予定ですので、是非手にとってみてください。

また、僕がストーリー担当をつとめているオリジナルコミック、倫敦幻獣譚『Bestia』もＫＡＤＯＫＡＷＡさんから同日発売（！）となりますので、ともどもチェックいただければ、とても嬉しいです（『正解するカド』のキャラ原案など務められた、有坂あこさんの作画がまた素晴らしいのですよ）。

＊

最後になりますが、イラストのみならず多くのデザインもしていただいた坂本みねぢさん、いつものように精緻な考証をいただいた三輪清宗さん、フラットの台詞などチェックいただいた成田良悟さん、この世界とキャラクターを預けてくださっている奈須さんや編集担当のOKSGさんなどTYPE-MOONのみなさんに感謝を。

そして、もちろん、ここまで読み続けてくださったあなたにも。

いつもなら、次の巻は夏コミの八月に合わせるのですが、さすがにここから八ヶ月お待たせするのは心苦しく、もう少し早めに出すつもりです。

おそらく、春の終わりから初夏の頃になるかと思います。

決定しましたら、なるべく分かりやすく告知するつもりですので、僕やTYPE-MOONのツイッターなどフォローして、チェックいただければ幸いです。コミックやほかのお知らせなども、こちらで行うことになるでしょうから。

では、今度こそ最終巻でお会いしましょう。

二〇一八年十一月

『ウォーハンマー：ブラックストーンフォートレス』を組み立てながら

本書は、二〇一八年十二月にTYPE-MOON BOOKSより刊行された単行本を加筆修正のうえ、文庫化したものです。

ロード・エルメロイⅡ世《せい》の事件簿《じけんぼ》 9

「case《ケース》. 冠位決議《グランド・ロール》(中)」

三田《さんだ》 誠《まこと》

令和2年 11月25日　初版発行

発行者●青柳昌行

発行●株式会社KADOKAWA
〒102-8177　東京都千代田区富士見2-13-3
電話　0570-002-301(ナビダイヤル)

角川文庫 22414

印刷所●株式会社暁印刷
製本所●株式会社ビルディング・ブックセンター

表紙画●和田三造

ISBN 978-4-04-109962-9　C0193

角川文庫発刊に際して

角川源義

第二次世界大戦の敗北は、軍事力の敗北であった以上に、私たちの若い文化力の敗退であった。私たちの文化が戦争に対して如何に無力であり、単なるあだ花に過ぎなかったかを、私たちは身を以て体験し痛感した。西洋近代文化の摂取にとって、明治以後八十年の歳月は決して短かすぎたとは言えない。にもかかわらず、近代文化の伝統を確立し、自由な批判と柔軟な良識に富む文化層として自らを形成することに私たちは失敗して来た。そしてこれは、各層への文化の普及滲透を任務とする出版人の責任でもあった。

一九四五年以来、私たちは再び振出しに戻り、第一歩から踏み出すことを余儀なくされた。これは大きな不幸ではあるが、反面、これまでの混沌・未熟・歪曲の中にあった我が国の文化に秩序と確たる基礎を齎らすためには絶好の機会でもある。角川書店は、このような祖国の文化的危機にあたり、微力をも顧みず再建の礎石たるべき抱負と決意とをもって出発したが、ここに創立以来の念願を果すべく角川文庫を発刊する。これまで刊行されたあらゆる全集叢書文庫類の長所と短所とを検討し、古今東西の不朽の典籍を、良心的編集のもとに、廉価に、そして書架にふさわしい美本として、多くのひとびとに提供しようとする。しかし私たちは徒らに百科全書的な知識のジレッタントを作ることを目的とせず、あくまで祖国の文化に秩序と再建への道を示し、この文庫を角川書店の栄ある事業として、今後永久に継続発展せしめ、学芸と教養との殿堂として大成せんことを期したい。多くの読書子の愛情ある忠言と支持とによって、この希望と抱負とを完遂せしめられんことを願う。

一九四九年五月三日

毎月4日発売
YOUNG ACE
ヤングエース
にて連載中!
漫画／武中英雄　原作／TYPE-MOON
©TYPE-MOON / FGO PROJECT

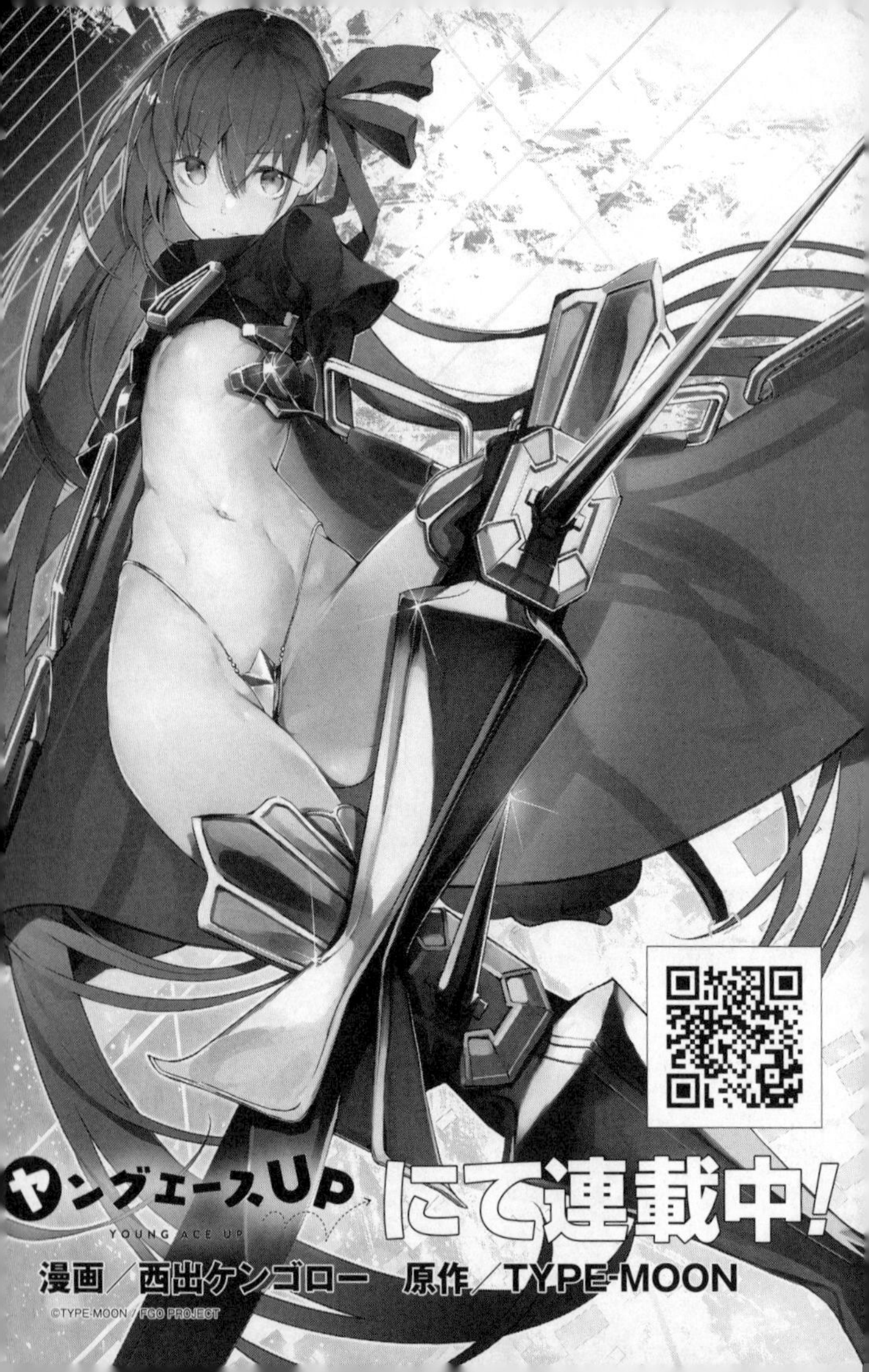
ヤングエースUP
YOUNG ACE UP
にて連載中!
漫画／西出ケンゴロー　原作／TYPE-MOON
©TYPE-MOON / FGO PROJECT

大戦只中の昭和20年

歴史の裏で行われた
もう一つの戦争

"聖杯戦争"、ここに開戦!!

コミックス第1巻
絶賛発売中!!
第2巻は12/4
発売予定!!
数々の人気英霊を
生み出した傑作を
リメイクコミカライズ!!
帝都聖杯奇譚
帝都聖杯奇譚
帝都聖杯奇譚
Fate/type Redline
Kadokawa Comics A
[漫画] 平野稜二　[原作] 経験値／TYPE-MOON
B6判　※2020年11月現在の情報です。 ©経験値／TYPE-MOON
KADOKAWA

願いを叶えるために戦い、
敗れていった者たちの
始まり《Zero》に至る物語――。
Fate/Zero
フェイト／ゼロ
漫画:真じろう
原作:虚淵玄(ニトロプラス)／TYPE-MOON
第四次聖杯戦争の真実が、今明かされる
Fate/Zero 全14巻
好評発売中!!
KADOKAWA
Kadokawa Comics A
©Nitroplus/TYPE-MOON
※2019年4月現在の情報です。